大器婉成 下

文創風 1040

夏言 著

目錄

第二十四章 招募人手

紀婉兒的心情好極了，回去的路上，不是問蕭清明中午吃什麼，就是問他心情如何，至於蕭清明為何突然過來尋她，他不說，她也不多問。總之，她能看得出來，蕭清明是真的關心她。

走了一段路之後，想到今日回娘家的目的，紀婉兒便打算跟蕭清明說明白。若是簽下了鋪子，又雇人幫忙，生意規模就比之前大了。雖然這些名義上是她的私房錢，但她跟蕭清明畢竟是一家人，還是得解釋清楚，免得產生誤會。

「我回去，是想找娘幫忙。」紀婉兒道。

蕭清明側頭看了她一眼，問道：「什麼忙？」

紀婉兒解釋道：「在外頭擺攤，下雨時沒法做生意，我就想租個鋪子比較方便。這幾日我在鎮上看中了一家，想著明日讓我爹娘一起去簽訂契約。」

聽到這番話，蕭清明抿了抿唇，似乎想說些什麼。

「嗯？夫君覺得開鋪子不妥當嗎？」紀婉兒問。

蕭清明瞥了紀婉兒一下，半晌後擠出了一句話。「其實……這件事情我也可以做。」

他心想，娘子是不是覺得他既笨又不中用，才不找他，而是去找娘家人幫忙。

誰知紀婉兒卻笑了，說道：「我當然知道你可以啊。」

蕭清明是誰啊，他未來可是會考上狀元、成為權臣的人，雖說現在看不出有什麼特別，可她就是知道這個人很了不得。

「我這不是怕耽擱你讀書嗎？而且我娘在京城的時候也幫小姐管過鋪子，她有經驗。」

後面這些話蕭清明沒聽進去，他耳中只有紀婉兒剛剛那句話，眼裡只有她那張燦若桃花的笑臉——她覺得他可以。

「我……我也沒……沒那麼厲害。」蕭清明握緊了手中的籃子，紅著臉道。

紀婉兒笑著說：「夫君別這麼謙虛，你將來是要做大事的，租鋪子這等小事讓你出面，根本就是大材小用，在我心裡你就是最厲害的。」

千穿萬穿，馬屁不穿。她這話一出，蕭清明宛如塗了一層胭脂的臉龐露出了一絲笑容。

事實上，目前紀婉兒覺得自己與蕭清明之間還是有些距離，不算太親密，她甚至對董嬤嬤更為信任，所以才回娘家找她，但是這些話不能當著蕭清明的面說出來。

兩個人就這般說說笑笑地回家去了，他們一進門，坐在屋簷下繡花的雲霜就站起來，緊張地看向兄嫂道：「哥哥、嫂子，你們回來了。」她真怕嫂子這一去娘家，就再也不回來了。

嘗。」

紀婉兒點點頭，指了指蕭清明手中的籃子道：「我娘讓我帶一些桃酥回來，你們嘗嘗。」

桃酥？雲霜想到老宅的堂弟在屋裡偷偷吃的東西。聞起來雖然沒啥味道，但是看他們的反應，一定很好吃吧？

子安早就把董嬤嬤說要讓自家兄長和嫂子和離的事情拋之腦後，他的眼裡只有面前的桃酥，可他才剛伸手要摸向籃子，手背就被人打了一下。

「嫂子，妳留著吃吧，我和弟弟不餓。」雲霜道。

紀婉兒捏了捏她的臉說：「吃吧吃吧，別客氣，我娘說要給你們的，總不能讓我搶小孩子的東西吃吧。」

她都這樣說了，雲霜和子安才掀開籃子拿了桃酥。

隔天賣完吃食，紀婉兒就帶著兩個孩子去跟她爹娘碰面了。

紀婉兒這是第一次見到紀大忠，如同書中描述的一般，紀大忠看起來就是一個忠厚老實的人，話也不多，紀家基本上是董嬤嬤作主，他的存在感很低。

「親家公、親家母。」雲霜拉著子安向紀大忠與董嬤嬤打了招呼。

「爹、娘。」紀婉兒看著自己的父母道。

紀大忠應了一聲，笑著看向女兒。他雖沒多說什麼，但紀婉兒能從他的眼神中看出對女兒的愛。

董嬤嬤對租賃鋪子這方面的事很了解，很快就為紀婉兒定下了這個鋪子。租金一個月四百文錢，一次繳了三個月的分。

租金一繳，紀婉兒這段時日賺的錢基本上沒了，她忍不住想，錢花得真的好快啊……

瞧著女兒心疼的模樣，董嬤嬤安撫道：「妳看的這個鋪子不錯，地段好，本錢很快就能賺回來。」

紀婉兒回過神來，對董嬤嬤道：「嗯，我一定努力賺錢。」

看女兒信心滿滿的模樣，董嬤嬤從她身上窺見自己年輕時的影子。她以前個性要強，想當主子身邊的第一人，只可惜運道不好，不過她相信，將來有一日，她能重回京城。

「這麼大的鋪子，妳一個人肯定忙不過來，想好要找誰幫忙了嗎？」

紀婉兒搖了搖頭說：「還沒，我本想找鄰居幫忙，可後來想想，這樣反倒容易有矛盾，不如從外面找人，簽了契約以後更易於行事。」

董嬤嬤讚賞地看著女兒，這跟她想的完全一樣。

之前跟女兒談天時，女兒提過孫杏花那家對她的幫助，她還以為女兒要找他們一家人幫忙了。

其實這不是什麼大事，只不過大家是親戚，不好公事公辦，有些人甚至算是長輩，來了鋪子裡得聽晚輩使喚，內心難免不平衡。

她心想，女兒要是想用他們就用，如今她很有想法，未必會聽自己的，若持反對意見，可能還會惹女兒不高興，傷了母女情分。等女兒哪天吃了虧，就知道該如何做生意了，況且有她看著，也出不了什麼大錯，所幸女兒夠聰慧，早就想通了這一點。

「妳能這麼想就對了。」董嬤嬤笑道：「那妳打算如何找人？」

紀婉兒回道：「我想在鋪子的門上貼個告示，寫清楚招工要求與待遇，再規定好時間，讓那些想應徵的人一塊兒來，到時候我再選人。」

如果說女兒不找親戚或鄰居，董嬤嬤的反應是驚喜的話，那麼這個計策一出，她就是震驚了。琢磨了片刻，董嬤嬤愈想愈覺得女兒這法子好極了，真不知道她是怎麼想出來的。

在京城時，府上若是缺人手，招募的管道通常有兩種，一是直接從人牙子那裡買，二是挑選罪臣家釋出的奴婢。若是酒樓跟鋪子需要招人，多半是雇用親戚、鄰居，或由熟人介紹。這樣讓人主動上門的，她還是頭一次聽說。

不過這法子好歸好，也有弊端。「那些人妳不熟悉，怎麼知道他們人品如何、是否欺瞞妳？」董嬤嬤問道。

紀婉兒笑著說：「若是來的人多了，先挑幾個人，到時候再去他們家附近打探。」

這個地方人口少，打聽一個人的背景算是容易。紀婉兒又道：「確定雇用以後，就讓他們簽一份承諾書，一旦發現有所欺瞞，立刻棄用；若造成店內損失，必須賠償，情節嚴重者報官處理。」

董嬤嬤沒料到女兒竟考慮得這般周全。她想到的女兒都有打算；她沒想到的女兒也有計劃。「行，妳既然已經設想好了，那就這麼做吧。」

選人不是一、兩天的事，為了儘早讓鋪子開張，少損失一些租金，幾個人吃過早飯之後，紀婉兒就去買了張紙，寫上招工的細節，貼在鋪子的門上。她先是自己站在門口宣傳了一番，之後又花了兩文錢，讓在附近玩的小男孩替她在大街小巷當傳聲筒。

處理完了這些，紀婉兒就去訂了六張桌子以及配套的板凳，又買了不少餐具，至於石磨，這個鋪子後面就有，不用另外買。

中午吃飯時，紀婉兒告知蕭清明這件事，她這次打算招兩個人，還讓他擬了兩份承諾書。

第二日，紀婉兒和雲霜、子安照常去鎮上那個巷子口賣吃食，順便通知顧客們鋪子的地點。收攤之後，他們去了鋪子，又站在門口喊了要招人的事，後來紀婉兒讓子安坐在門口宣傳，她則跟雲霜去裡面打掃。

過沒多久，陸陸續續有人過來詢問。紀婉兒要的是婦人，只需要做半天活，上一次工就有六文錢，因為工時短、薪資高，所以很多人都很好奇。

紀婉兒一一說清楚招工的要求，又要她們兩天後的巳時來面試。既然要面試，她決定以後不再戴著面罩，衣裳也換上好一些的，否則會影響鋪子給人的觀感。

雖然這兩日比較忙碌，可紀婉兒還是挺開心的，雲霜和子安也是，因為有了鋪子，他們就不用在外頭賣吃食了。

既然要開鋪子，就要準備新菜單。雖然醬香餅很好，但紀婉兒覺得和豆腐腦最相配的是油條。鎮上雖然沒賣豆腐腦，卻有兩、三家在賣油條，不過她比較想賣自己做的。

紀婉兒先發麵，又去磨豆子，準備做些豆腐腦配油條試試看。

麵發好之後擀長，切成一條一條，兩條疊放在一起，將筷子放到中間壓一下，拉長後放入鍋中油炸。炸到兩面金黃時，撈出來放在一旁控油，再裝入盤子中。

油條是一種常見的吃食，不過一般家裡不太常做，原因是太過費油。

紀婉兒在做豆腐腦之前，先勻出了兩碗豆漿，等料理全部做好後，她就將東西端上了桌。

油條酥脆，有一股獨特的香味，雲霜和子安眼睛瞪得大大的，蕭清明也很是期待。

「吃吧。」紀婉兒說道。

「好香啊，真好吃！」子安吃得滿嘴油。

「把油條放入豆腐腦裡面蘸一蘸試試。」紀婉兒又道。

「好。」子安道。

雲霜與蕭清明也按照紀婉兒的建議，將油條放入豆腐腦中。油條遇到湯汁就沒那麼酥脆了，反倒吸走了湯汁。紀婉兒最愛的就是這個味道，沾滿了湯汁的油條鬆軟飽滿，好吃極了，比單吃更有滋味。

「嗯，好吃。」子安笑著說。

見大家吃得開心，紀婉兒又要他們蘸一蘸豆漿，雖然這樣也不錯，不過大家還是覺得配豆腐腦更美味，畢竟豆腐腦上面淋了滷子，味道芳醇濃厚。

吃飯時，紀婉兒注意到蕭清明在揉手腕，到了晚上她才又想起這件事。

等到蕭清明回來後，紀婉兒看了他的手腕一眼，問道：「你是不是最近磨豆子累著了？疼嗎？」

蕭清明搖了搖頭，把手藏在身後道：「沒有。」

「真的不疼？也不是磨豆子磨的？」紀婉兒又問了一遍。

「不是。」

紀婉兒上下打量起了蕭清明，總覺得他在隱瞞什麼。「嗯，那就好，我本來還想，若是你覺得疼，就幫你捏一捏的。」

之前她使喚蕭清明為自己捏肩膀，現在也該報答一下，為他捏一捏才是，不過他不疼就算了。

只見蕭清明神情微怔，改口道：「咳，其實還是有些疼……」

紀婉兒有些不解。一下說不疼，一下又說疼，這是為了使喚她？

儘管如此，紀婉兒還是朝蕭清明走了過去。她抬起他的胳膊捏了捏，問道：「哪裡疼，這裡？」

在紀婉兒碰到自己的那一瞬間，蕭清明哆嗦了一下，有一種把胳膊縮回來的衝動，可他忍住了。因為心裡有一道聲音告訴他，他喜歡彼此肌膚碰觸的感覺，甚至想要更多。

「咳，不是。」蕭清明臉紅到不行。

紀婉兒心想，這蕭清明實在太容易害羞了，他是怎麼成為權臣的？靠臉嗎？這性格跟書中描述的也差太多了。

「那……這裡呢？」紀婉兒換了個地方捏。

蕭清明點頭道：「嗯。」

也不知道蕭清明磨豆子怎麼會是手腕疼，她之前明明是肩膀和脖子疼啊，難道是他們用力的位置不同？

若說起做什麼事會導致手腕痛，大概是拿重物或寫字吧……

紀婉兒覺得蕭清明這樣子像是寫字寫太多了。「左邊疼嗎？」她問道。

蕭清明抬起左手又放下，搖頭道：「不疼。」

「夫君，你最近是不是字寫得太多了？」紀婉兒有些懷疑地看著他。

蕭清明怔了怔，縮回了右手道：「咳，沒有。」

瞧他的反應，紀婉兒越發覺得他心裡有鬼。難不成真的是字寫太多了？他不會是一直抄書吧……

想到之前問過幾回，蕭清明都不肯說，紀婉兒委婉地暗示道：「家裡的錢已經夠咱們日常花銷了，你去科考也不必擔心沒盤纏。況且賺錢不急在這一時，等你考中了秀才，這件事就容易多了。」

蕭清明應道：「嗯，知道了。」

兩人又說了一會兒話，就各自去休息了。

正如紀婉兒所言，蕭清明最近確實太常抄書了，所以手腕有些痛，可他不後悔……

兩日後，紀婉兒賣完吃食，收拾好攤位，最後掃了周圍一眼，就帶著兩個孩子離開了這裡。這是她第一個擺攤賺錢的地方，雖然時間不長，卻充滿了回憶。

等他們抵達鋪子時，董嬤嬤已經到了。

「娘，您怎麼來這麼早？」紀婉兒道。當初明明說好巳時左右過來就行了。

董嬤嬤回道：「嗯，早上妳弟弟來鎮上，娘就順便跟著他一起來了。」說到底，她還是不放心女兒，想提前來瞧瞧。

「妳爹去地裡幹活了，過一會兒也會來。」

「好，謝謝娘。」

「客氣啥。」

過了兩刻鐘左右，紀大忠來了。又過了一會兒，開始有人上門詢問應徵的事情，紀婉兒簡單交代了幾句，便讓她們在門口等著，準備等巳時再正式開始。

紀婉兒不過是想招兩個人，沒想到外頭卻有二十多名婦人等著。

瞧女兒驚訝的模樣，董嬤嬤說道：「妳給的錢多，工時短，活又不累，自然有不少人想來。其他類似的活多半被相熟的親戚或鄰居占走了，好不容易有個機會，可不都來了嗎？」

董嬤嬤這麼一說，紀婉兒就懂了。這個時代，除了奴僕以外，雇用親戚跟鄰居的人畢竟還是占多數，不過她的想法是不會改變的。

雲霜和子安去後頭吃飯，紀婉兒則與自家爹娘在前頭審視來應徵的人，最後留下五個幹活俐落的人進入第二輪面試。

紀婉兒帶這五個人去醫館，花一百文錢為她們徹底檢查了身體一番。他們是做吃食生意的，健康狀況絕對不能有問題，否則把病傳染給客人就麻煩了。結果這一檢查，還真有一個人不合適。

最終剩下四個人，紀婉兒讓她們回家等消息，約好三日後再來。被選中的話就直接來幹活，沒被選中也會給五文錢以茲安慰。

揭曉人選的時間之所以訂在三日後，是因為他們要去打探這幾人的情況，核查他們所言是否屬實，包括家庭背景、個人經歷等等。

「這兩名婦人離咱們家近，娘去幫妳打探，剩下兩個就交給妳了。」董嬤嬤指了指紙上的兩個人名說道。

「好。」

第二十五章　鋪子開張

回家之前，紀婉兒買了一些豬骨頭、雞骨頭和肉。既然開了鋪子，她打算把煮滷子的底換成大骨湯跟雞湯，不再用清水。只有味道更加鮮美，才能提高銷量，多賺些錢。

返家之後，紀婉兒處理了一下豬骨頭，放入鍋中熬煮，隨後磨了一些豆子做豆腐腦，又貼了醬香餅。中午吃飯時，大家吃的便是改良版的豆腐腦配醬香餅。

「嫂子，好香啊，這豆腐腦比之前的都好喝！」子安開心地說。

「嗯，以後咱們就賣這種的。」紀婉兒道。

「這樣一來，肯定要比之前的生意還要好。」雲霜笑道。

蕭清明默默聽著他們對談，沒插話。他覺得娘子做什麼都好吃，不管是之前的豆腐腦還是現在的，在他看來沒什麼區別。

等三人的談話告一段落，蕭清明主動問起今日的事情。「招到合適的人了嗎？」

紀婉兒記得自己不過是隨口向蕭清明提過一次而已，沒想到他竟然記得，而且他還關心起進度了。

蕭清明的態度令紀婉兒很是欣喜，笑著跟他說：「來了不少人，目前選了四個，接下來我要跟娘私下打探一下這幾個婦人的情況，三日後再決定入選者。」

找岳母幫忙了嗎？其實他……蕭清明沒說話，只應了一聲，又繼續吃飯了。

吃過飯後，紀婉兒打算出門去打聽消息，臨走之前，她去書房跟蕭清明打了聲招呼。

蕭清明看了看紀婉兒手上的紙，說道：「娘子，我對這附近也挺熟悉的。」說完他就閉上了嘴。

紀婉兒怔了一下，才明白了蕭清明的意思。

他對這附近熟悉嗎？她怎麼記得雲霜說過，她哥哥除了去鎮上讀書以外，其他地方都沒怎麼去？況且她穿來一段時間了，也很少看到他出門。

不過既然蕭清明都這麼說了，紀婉兒也不好直接拒絕，便拿著紙走到他面前，笑著說：「好啊，我還不太熟悉，本來想讓雲霜跟著我去看看的。」

「娘跟我分別負責兩名。這一個先不用，她家在鎮上，我認識，想等明日再去探問，今日我主要是去打探這一個。」說著，紀婉兒指了指紙上面寫的名字。

這張紙上面不僅有名字，還有其他內容，像是家庭狀況、夫妻關係、有幾個孩子、在哪裡幹過活等等。

蕭清明看著紀婉兒指出的人名，微微蹙了蹙眉。

察覺蕭清明的反應，紀婉兒以為他不熟，便為他找了個臺階。「夫君，你讀書太累了，還是好好歇著吧，我讓雲霜陪我去。」

蕭清明看了紀婉兒一眼，問道：「這婦人是不是年約四旬、個頭不高、身形微胖，左側臉頰上有一顆痣？」

「啊？對……」紀婉兒著實驚訝不已。難道他認識這個人？

「不要用她。」蕭清明直接說道。

「為何？」他那精準的描述已令紀婉兒相當訝異，這會兒說出這種話，就更讓她吃驚了。

其實紀婉兒對這名婦人印象挺好的，她幹活俐落，而且愛笑，整個人看起來很開朗。

「這是我表嬸，曾偷拿過我母親的東西，還冤枉雲霜。」蕭清明說道。

紀婉兒沒想到竟有這種事，雲霜今日一直待在鋪子後頭，自然沒看到那名婦人。既是如此，這個人就不能用了。「好，那我明日去看看另一個。」

對於紀婉兒什麼都不多問、全然信任他這件事，蕭清明很開心。

開張之前，紀婉兒決定先試賣，雖然試賣的時間已過了吃早飯的時辰，還是有人好奇地過來嘗了嘗。

紀婉兒做了大骨湯豆腐腦與雞湯豆腐腦，裡面再放木耳、香菇、雞蛋等食材，先不說嘗起來的味道如何，在鍋裡熬製時，香味就已經飄遠了。

這兩種豆腐腦非常受歡迎，即便做了二十來份，也能在午時之前賣完。提升了豆腐腦這道料理，紀婉兒又做了醬香餅跟油條搭配著賣，效果不錯，直到中午都有人來買。這兩日不過是試賣，竟也賺了近一百文錢，算是意外的收穫。

公布結果那天，紀婉兒跟董嬤嬤各自提出人選。

董嬤嬤解釋其中一人落選的原因。「這個婦人雖然能幹，但是她娘家的哥哥好賭。過去她在大戶人家當廚娘，她哥哥日日上門去鬧，最終這活兒黃了。咱們沒有根基，做的是小本買賣，可禁不起這樣的折騰。」

紀婉兒深以為然。其實她那天就覺得有些奇怪，那名婦人在來應徵的人當中能力可說非常出眾，卻想來他們這種小鋪子幹活，憑她的本事，去別的地方一日怎麼樣都能賺個十五文錢才對。既然背後有這種原因，那一切就說得通了。

「另一個，就選她吧。」紀婉兒指了指其中一人。

瞧著女兒選中的人，董嬤嬤不禁笑了。其實她也屬意此人，但她之前擔心女兒會選另外一人，畢竟那人更能幹。

董嬤嬤之所以中意這個人，原因很簡單，就是這名婦人家住鎮上，離鋪子非常近，可以早些上工，讓女兒多睡一會兒。

「為何選她？」董嬤嬤問道。她想知道女兒這麼選的理由。

紀婉兒回道：「蕭清明不讓我用另一個人。」

董嬤嬤很是驚訝地說：「妳說這是女婿的決定？」

紀婉兒點點頭，稍微解釋了一下，董嬤嬤恍然大悟道：「那這人的確不能用。不過妳得多長個心眼，那婦人許是比較少見到妳，沒能認出來。如今開了鋪子，妳賣吃食的事情村裡人早晚會知道，小心到時候老宅那邊來找妳鬧。」

當初為了女兒的婚事，董嬤嬤跟蕭家老宅的人交過手，很清楚那些人是什麼貨色。若不是她有手腕，也看好蕭清明，她真不想讓女兒嫁進那種人家。幸虧他們已經分家，女兒不用繼續窩在那種地方受罪了。

「嗯，我記住了。」

「若真的來鬧，妳就讓人來尋我。既然女婿說這是妳的鋪子，咱們可不能讓蕭家人欺負了去。」

「好，謝謝娘。」紀婉兒由衷感激董嬤嬤，不過她沒想過要找她幫忙。她已經出嫁了，總不能事事麻煩娘家，應該獨立才是。

「對了，妳選中的這個婦人……姓邱，娘記得妳認識？」董嬤嬤問道。女兒說過不找熟人，所以她原先挺怕女兒因為這個原因而不選她。

紀婉兒點頭道：「嗯，之前我在外面擺攤，就是將桌子還有板凳寄存到邱嫂子家裡的。她人很和善，也好說話，雖說幹活只是還行，但勝在力氣比尋常人大，可以做些力氣活。我打探過了，她沒什麼問題。」

「那就好。」董嬤嬤建議道：「這個姓邱的離得近，讓她提前來磨好豆子，這樣妳就能晚來一會兒；另一個姓曾的若是來得晚，就讓她多做些別的事情。總之，兩人幹的活最好差不多，不然容易生嫌隙。」

「還是娘想得周到。」

兩個人正說著話時，那四名婦人陸續來了。能留下的自然開心，當下就在一旁待命；沒能留下的，紀婉兒各給了五文錢，客氣地送她們離開。

那名能幹的婦人還好，或許是猜到她們會打探到她兄長的事，有了心理準備，沒說什麼便拿著錢離去，然而蕭清明那個表嬸的態度可就不怎麼樣了。

昨日紀婉兒還瞧著她愛笑、爽朗，挺喜歡她的，今日就見她露出了另一副嘴臉，話裡話外說這鋪子不行，讓她白忙活一場，罵罵咧咧地走出了門。

「幸好沒用她。」董嬤嬤道：「娘跟妳說的話可要記住了，這婦人不是什麼善茬。」

「嗯。」紀婉兒應下了。他們早就跟老宅分家，那邊手再長也伸不到這裡來。

見董嬤嬤有些擔心，紀婉兒笑著低聲說：「大不了到時候我躲起來，把事情全都推給蕭清明。」

董嬤嬤思考了一會兒，笑了。「行，總歸這是女婿提出來的，讓他去處理。」

這邊的事情算是告一段落，董嬤嬤見女兒安排起工作來有模有樣，她便沒再參與，回家去了。

正式開張的前一天晚上，蕭清明又給了紀婉兒五百文錢。

給錢時，蕭清明似乎有些不好意思，不怎麼敢看紀婉兒的眼睛。「錢不多，妳先拿著，我以後再賺。」

紀婉兒算了算，蕭清明這回有十日沒給她錢了，也就是說，他一日平均能賺五十文錢。

她記得蕭大江一個月能賺三百文錢左右，一年就是三兩多銀子。在村子裡，大家都稱讚蕭大江，認為他很能幹。

至於蕭清明，抄書一日就能賺五十文錢，一個月就是一兩半，就算不能天天抄，一年也能超過十兩銀子。

紀婉兒決定收回之前的話。蕭清明哪裡是肩不能挑、手不能提的文弱書生，他可以幫她磨豆子、捏肩膀；他也不是只靠母親嫁妝過活的人，每日還能賺五十文錢，分明有本事得很。

在這一刻，紀婉兒突然覺得，他們就這樣過下去，似乎也很不錯。

蕭清明見紀婉兒一直安安靜靜的沒說話，抬頭瞄了她一眼，這一看就沒再收回視線。娘子的雙眸真漂亮，笑起來還彎彎的，讓人心生歡喜；眼睛又時常散發出光芒，像是承載了天上的星辰一般。

「好，我收下了。」紀婉兒將錢收進一旁的櫃子裡藏好。

直到躺在床上，紀婉兒才想起剛剛因為太開心，有件事忘了跟蕭清明講。「夫君，明日一早你不用磨豆子了。」

蕭清明沈默了片刻，問道：「為何？」

紀婉兒回道：「你忘啦？我請了兩個人來幫忙，咱們就不用磨豆子，也不用在家裡做豆腐腦了，直接在鋪子裡弄就行。」

「喔。」對於這件事，蕭清明很是失望，他突然覺得自己不被需要了。

緊接著，他又聽紀婉兒道：「夫君，你以後也不要抄書了。」

他最想隱藏的事還是被發現了。蕭清明一顆心沈到了谷底，他真的沒有其他用處了。黑暗中，他放任自己的情緒釋放。

這些話，紀婉兒已經琢磨幾日了，上次她跟蕭清明暗示過，可他沒接受。她思來想去，不論是早起磨豆子，還是抄書，都是她來到這裡以後發生的事情，按照書中的描述，他似乎從未替原主做過。

也就是說，蕭清明做這些事情，都是為了她。雖然覺得有些厚臉皮，可紀婉兒想不出其他更有可能的原因。既然是為了她，那她或許能找到勸他的辦法。

「咱們家的銀錢夠花了，距離考試只剩不到兩個月的時間，我希望你能把全部的精力放在讀書上。」

不料蕭清明卻回道：「男子本就該賺錢養家。」

紀婉兒原本平躺在床上，聽到這話，她便側過身朝蕭清明的方向看去。這人過去對她很是冷漠，別提賺錢了，總不搭理她；怎地現在又這般固執，不肯聽勸，非要對她好呢？

想了想，紀婉兒決定換個角度進攻。「可你若是考中了，我會更開心的。」

果然，這話有效果，見蕭清明不講話了，紀婉兒又迅速補充了一句。「夫君，你別讓我擔心好不好？」

過了片刻，就在紀婉兒思考著要再用什麼話勸說時，就聽見蕭清明說道：「好。」

紀婉兒終於放下心了，笑道：「夫君，早些睡吧，明日還得早起讀書。」

蕭清明應了一聲。「嗯。」

其實，有些話蕭清明沒說出來，那就是抄書或磨豆子並沒有影響他讀書。最近不知怎麼回事，他的腦子突然清醒許多，有一種豁然開朗的感覺，從前看不太明白的題目變得能理解，記性也比過去好了。

蕭清明之所以選擇不說，是因為他擔心娘子因此過度關注他的情況，他只希望她不要煩惱，開開心心的……

雖然紀婉兒不用早起幹活，但她還是在卯時醒了過來。雲霜和子安也是，儘管鎮上的生意已經有人接手幫忙，他們還是想待在嫂子身邊，畢竟自家兄長只知道讀書，不怎麼出門，而跟著嫂子能去鎮上玩，又有好吃的。

昨日蒸的包子有剩，紀婉兒就把包子熱了一下，又煮了一鍋蛋花湯。

吃早飯時，紀婉兒道：「夫君，我們申時左右才能回來，你若是餓的話，先吃些包子墊一墊，家裡還有些桃酥，也可以吃。」

「好。」

吃過飯，紀婉兒帶著雲霜和子安出門。現在他們不用推車了，只要用兩條腿走過去就行，三個人都輕鬆愜意得很，抵達鎮上時才剛剛卯正，比平常推著車走快上許多。

到了鋪子的時候，邱嫂子已磨好不少豆子了。她家離得近，卯時孩子就去讀書，她也跟著出門。

曾嬸子則是跟紀婉兒前後腳進了鋪子。按照昨日說好的，接下來換曾嬸子磨豆子，邱嫂子去做油條，紀婉兒和雲霜則去熬豆漿。

做豆腐腦，點漿是最關鍵的，這是紀婉兒的財富密碼，她沒有教給外人，自己親手做。點好漿後放在一旁靜置，趁這個工夫，紀婉兒去做了滷子。

一旁的鍋子裡，邱嫂子進鋪子時熬上的大骨湯和雞湯差不多能用了；滷子做好時，邱嫂子已經餳好了麵團，紀婉兒則開始炸油條。

雖然事情很多，但她們一點也不含糊，做得相當認真，不到辰時便有了一批豆腐腦和油條。

眼看時間到了，紀婉兒打開了鋪子的門。

雖說是正式開張第一日，但紀婉兒沒搞什麼噱頭，而是直接掛了塊牌子，上面寫著大大的五個字——雞湯豆腐腦，之所以沒寫大骨湯，是因為雞湯比大骨湯貴，算是鎮店料理。牌子下方又寫了一些小字——豆漿、雞蛋豆渣餅、油條、醬香餅。

一開門就有兩、三個人進來了，這幾人當中有熟客，也有新來的客人。熟客一進門就自動點起餐來，可新來的客人多半要問上幾句，紀婉兒耐著性子一一解釋。

熟客們很開心，因為他們發現豆腐腦的滷子更美味了，有大骨湯跟雞湯的，而且價格竟然沒漲，還是兩文錢一碗，這不是更划算了嗎？吃到就是賺到。

過去紀婉兒在外頭擺攤時，因為力氣小，推不了太重的車子，所以做得少，很快就賣完了。

如今東西做得多，鋪子的位置又好，賣了將近一個時辰，早飯時段的高潮才終於過去，不過紀婉兒他們跟邱嫂子、曾嬸子並沒有離開。

紀婉兒早就考慮過了，鋪子的租金是固定的，要盡可能減少閒置的時間，所以午飯的生意也要做。

鋪子就開在這裡，之後又有不少客人進來，在早飯之後、午飯之前，生意一直都有進帳。午時剛過，人又多了起來，雖說不如早上，但累積下來也挺可觀的。

忙碌中，紀婉兒看到了她另一個親人。

第二十六章　登門找碴

紀懷京。懷京，懷念京城。從這個名字就看得出來，董嬤嬤有多麼希望回到京城，又對兒子寄予怎樣的厚望。

好在面前這個稚嫩的少年沒有辜負董嬤嬤的期望，最終考中了秀才，只是後來受到原主拖累，沒能更進一步。

「姊姊。」紀懷京走到紀婉兒面前喊道。

紀婉兒正在招呼客人，見弟弟過來了，便道：「你來了，快找個地方坐一下，想吃什麼跟我說。」

紀懷京深深地看了自家姊姊一眼，回道：「好。」

母親跟他說姊姊在鎮上開了個吃食鋪子，他起初還不太相信，以姊姊嬌氣的性子，怎麼可能願意受這種苦，而且她從未下過廚，會有人喜歡她做的飯嗎？莫不是又在騙娘，想拿點錢去花？

紀婉兒見弟弟不知道該點什麼才好，便端了一碗雞湯豆腐腦過來，又給他兩個豆渣餅、兩根油條跟一份醬香餅。

「先吃吧，不夠再跟我說。」為紀懷京上完吃食，紀婉兒又去忙了。

她跟董嬤嬤說好了，以後弟弟不用從家裡帶飯盒，午飯就過來這邊吃。邱嫂子的兒子也來這邊用餐，不過每日要交兩文錢，從她每個月的工錢裡扣。

紀懷京沒想到姊姊做的吃食這麼美味。他知道娘曾在京城的侯府當過廚娘、伺候過主子，這一點是旁人比不了的，可他沒想到姊姊的手藝竟比母親更好。

母親做的料理精細、分量少，花的工夫長；姊姊呢，做的吃食便於享用、分量多，滋味卻堪比酒樓端出來的，這就非常難得了。

這一刻，紀懷京才明白，姊姊不是不會做飯，是她過去不想做。以往在家裡有爹娘寵著，誰都要讓著姊姊，如今她嫁人了，日子卻比在家苦了不知道多少，甚至要在外面奔波，經營吃食生意。

紀懷京從前是有些討厭這個嬌氣到不行、又饞又懶，還喜歡欺負他、處處跟他爭搶的姊姊，現在看著她，卻是多了幾分心疼。

吃過飯，紀懷京就要回去讀書了。離開之前，紀婉兒問他要不要一些零花錢，被紀懷京拒絕了。

一直忙到快到未時，人潮終於漸漸變少了。因為邱嫂子提早半個時辰來，所以東西賣完之後她就離開了，曾嬸子則是留下來跟紀婉兒一起收拾鋪子。

末正，紀婉兒鎖了門，帶著兩個孩子離開鎮上。到家之後，紀婉兒去了書房，遞給蕭清明一碗雞湯豆腐腦、一些醬香餅和油條。她怕他用功起來就忘了吃飯，這是特地為他留的。

蕭清明看著紀婉兒的雙眸亮得驚人，有驚喜也有感動。

「快吃吧，我回去歇著了。」

「好。」

紀婉兒嘴上說要歇著，但是她並不累。雖說今日鋪子正式開張，忙裡忙外的，可她招了兩個人，她反倒比平時輕鬆，這會兒她一點都不想睡覺，只想趕緊算賬。

紀婉兒拿出記賬的小本子放在一旁。這是她昨日去買的，有了錢，她也用得起本子了。隨後，紀婉兒將銅板和碎銀子倒在桌上，雖說賬本上寫得清清楚楚，可自己數錢的感覺更讓人開心。

因為吃食種類多、鋪子位置好，而且營業時間長，客人來得多，光是早上那頓飯就淨賺近百文錢，午飯則是賺了八十文錢左右，再算上早、午飯之間那筆賬，一日就賺了差不多兩百文錢。看著桌上這些銀錢，紀婉兒笑得合不攏嘴。

一日賺兩百文錢，那一個月豈不是能賺六兩銀子？這才剛開張，後面是不是能愈賺愈多？她是不是要再賣其他吃食，到時候一個月賺個七、八兩？

在這個調料不足、食譜缺乏、資訊不流通的小地方，她做的菜竟然這麼受歡迎，這可真是剛開始做生意時想都沒想過的事呢！

紀婉兒愈想愈開心，忍不住笑出聲。想著想著，她躺到了床上，不知不覺間抱著賬本睡著了。

接下來半個月，鋪子的生意一直很好，而且口碑不錯。

紀婉兒每日數著賺來的銀錢，心情愉悅。這才十來天，就賺了三兩多銀子，簡直跟作夢一樣，他們想吃蛋就吃蛋、想吃肉就吃肉，不需要顧慮什麼，跟她剛剛穿過來那時有如天壤之別。

這天忙完已快到申時，紀婉兒帶著雲霜與子安去買豬肉。這個時間那兩家肉攤都收工了，他們去了鎮上一家賣肉的鋪子。這裡不像菜市場只賣早上那一會兒，營業時間較長，方便他們購物。

回家之後，紀婉兒照例關起房門數錢，雖然天天數，可她每次都很興奮。瞧著放錢的盒子都要塞不下了，紀婉兒決定改日把這些銀錢換成整數的。

睡過午覺後醒來，紀婉兒去了廚屋，打算晚餐做道肉丸子來吃。

米飯蒸煮的過程中，她將肉拿過來剁碎，雖說動作很單調，但這活兒可不輕鬆，她剁了很久才把肉剁碎，接著好不容易才剁成肉泥。

此刻，紀婉兒無比懷念絞肉機，可在沒有機器的時代，就只能依靠人力了……

紀婉兒突然冒出了一個想法。既然這裡沒有絞肉機，那她是不是可以自己做一臺啊？這樣的話要做什麼泥都方便了！只可惜，她沒拆開過絞肉機，不知道裡面的構造，所以這個念頭很快就被她自己否定了。

接下來，紀婉兒把蔥、薑切成碎末，放入肉泥中，撒了鹽和自己做的調料粉，淋上一些香油，再打兩顆雞蛋，倒入一些太白粉抓拌均勻，最後順著一個方向攪拌。這一步很關鍵，要不停攪拌，這樣肉吃起來才比較有嚼勁。

雲霜好奇地問道：「嫂子，妳在做啥？」

紀婉兒沒停下手上的動作，邊攪拌邊回道：「做肉丸子。」

肉丸子？那是啥？雲霜不解。她唯一吃過的丸子是過年時家裡做的，但那是素食，不過油多又香，好吃得很，可惜她沒機會多吃一些。

「油炸的嗎？」雲霜問道。在她記憶中，丸子是用油炸的，只要用了油，應該就會很好吃，連素丸子也不例外。

「不是炸的，是用煮的。」紀婉兒道。

雲霜聽了以後更好奇了，緊緊跟在一旁看著，時不時幫點小忙。

等肉攪拌得差不多了，紀婉兒便將青菜切成小段放在一旁備用。丸子冷水下鍋，再放入青菜、加入調料，煮熟了之後盛出來。隨後，紀婉兒又做了一道番茄炒蛋。

米飯蒸好以後，剛好到了吃晚飯的時辰，紀婉兒跟雲霜兩個人輪流把飯菜端到堂屋去。

瞧著眼前熱氣蒸騰的米飯，子安很是歡喜。如今家裡的經濟條件好轉，他們不再缺什麼吃食，可子安依舊會為了美味的食物興奮不已。見他捧場的樣子，紀婉兒也相當欣慰。

熱呼呼的米飯上澆上一勺番茄炒蛋，既有番茄的酸甜，又有雞蛋的香味，混著米飯一起吃下去，開胃又滿足，真可稱得上是最佳拍檔。

「真好吃……」子安吃了一口，幸福到閉上眼睛，很是享受。

瞧著他這可愛的模樣，紀婉兒忍不住伸出手摸了摸他的頭髮，子安瞬間睜開眼睛，衝著紀婉兒露出笑容。

見大家都在吃飯，沒人吃肉丸子，紀婉兒道：「嘗嘗我做的肉丸子好不好吃。」

「這是肉做的丸子？」子安很是驚訝。外表完全看不出來啊……

紀婉兒點頭道：「對，是用肉做的，大家快嘗嘗。」

見弟弟妹妹沒動筷子，蕭清明率先挾起一顆肉丸子放入口中，咬下肉丸子那一瞬間，他的雙眼發亮，轉頭看向坐在他身側的紀婉兒。

紀婉兒正盯著他，等待他的反饋。「如何，味道還行嗎？」

蕭清明迅速嚼了嚼，吞下肉丸子後說道：「很好吃。」

紀婉兒笑了，主動為蕭清明挾了一顆，說道：「那你多吃一點。」

肉丸子受到眾人一致歡迎，這頓飯吃得滿心歡喜，意猶未盡。

自從紀婉兒在鎮上開了鋪子，一眨眼就過了一個月，距離蕭清明考試沒剩多少時間了，她能明顯感覺到他似乎壓力不小，回房的時辰也愈來愈晚了。

為了提供蕭清明一個優良的讀書環境，紀婉兒交代兩個孩子回家之後不要大聲喧譁，儘量不要在書房外面講話，他們出門跟回來時也都安安靜靜的。

紀婉兒中午都會留一碗大骨湯或雞湯，帶回家給蕭清明補身子，日日煮肉給他吃，蛋也沒落下。結果子安的臉愈來愈圓，雲霜的雙頰也豐潤起來，只有蕭清明沒胖，還清瘦了不少。

這日，從鎮上回來以後，紀婉兒送雞湯到書房給蕭清明，又給了他醬香餅跟兩顆水煮蛋。

紀婉兒見他一直在認真看書，本想輕輕放下東西就出去，誰知蕭清明卻抬起頭來朝她笑了笑。

「多謝娘子。」

「客氣什麼，快吃吧，別涼了。」

「好。」

見蕭清明吃起飯來，紀婉兒本來想離開的，卻被他叫住了。「娘子，今日生意如何？」

紀婉兒怕打擾蕭清明用功，有幾日沒怎麼跟他說過話了，她沒料到現在蕭清明還有心情跟她談天。「挺好的，你不用擔心，好好讀書就行。」

「喔。」蕭清明淡淡地應了一聲。

娘子已經好久沒多跟他聊聊了，每次見到他都是能躲就躲，他一說話她就堵回來，也不像前些時候一樣跟他商量鋪子裡的事情，是不是……厭倦他了？

紀婉兒看出蕭清明好像有點不開心，可又不知原因為何。心情不好也會影響念書效率的，她想了想，順著剛剛的問題多說了一句。「你別想太多，真的沒問題，快吃飯吧。」

「嗯。」蕭清明沒再多問，低頭繼續吃起飯來。如果考中秀才能讓她開心的話，他一定會努力達成這個目標。

等蕭清明吃過飯，紀婉兒便去了廚屋，剛整理好東西，她就聽到子安在外頭大喊：「蛋，有蛋！姊！」

紀婉兒連忙走出去，一踏出門，就看到雲霜和子安正站在雞圈裡。

見她過來了，子安忘了哥哥在讀書時要小聲說話的事情，嚷嚷道：「嫂子，咱們家的雞下蛋了！」

紀婉兒走了過去，瞧著子安手中的雞蛋，很是高興。養了幾個月，雞終於下蛋了。

雲霜瞧了瞧雞蛋，又看了看紀婉兒，眼中的激動難以言喻。這幾個月以來都是她在養雞，如今有了成果，真是令她感動不已。

「咱們晚飯加蛋，這顆蛋就給雲霜吃。」紀婉兒說道。

三個人正在為家裡的雞下了蛋高興，門卻被人推開了，出現了幾個不速之客。

「唷，清明媳婦兒，過得不錯啊。」

紀婉兒轉身看了過去——這幾人她都有印象，說明她們跟原主應該認識，只是她暫時還沒想起來是誰，直到她在人群中看到了一個眼熟的人。

吳氏，那日來鋪子裡應聘但沒被選上的人，也就是蕭清明的表嬸。這位表嬸跟蕭家是什麼關係呢？她丈夫是蕭清明祖母的姪子，所以蕭清明的父親跟吳氏的丈夫是表兄弟。

「娘，您快看看，這裡養了雞，還生了蛋呢。您覺得虧待了二房，可人家卻過得比咱們還好！」剛剛開口的婦人又說話了。

「奶奶、伯母、嬸娘，表……表嬸。」雲霜小聲地向眾人打招呼。她看起來明顯不安，尤其是看到吳氏時，她除了緊張，眼中還有極為複雜的情緒。

子安瞪著這些人，一個字也沒說，臉上的神情很是憤怒，顯然是不歡迎她們。

透過雲霜的稱呼，紀婉兒對面前這些人的記憶漸漸回歸了，她們正是老宅的人——蕭清明的祖母李氏、伯母莊氏、嬸娘周氏，以及表嬸吳氏，方才說了兩次話的人，是周氏。

李氏聽到三兒媳的話，臉色更難看了。她今日之所以過來，是因為娘家的姪媳婦跟她提起一樁事，說是她孫媳婦在鎮上賣吃食，一日能賺不少錢，可她那日去鋪子裡找工作，孫媳婦不僅沒跟她打招呼，還故意羞辱她，沒雇用她。

她原先不相信這件事的。雖然跟孫媳婦相處沒多久，但她多少知曉孫媳婦的情況，總覺得以她那嬌慣的性子，不可能去鎮上賣吃食，要做這種生意，也是她娘家那邊才對。

可姪媳婦說得煞有介事，說自己在鎮上觀察了好一陣子，也打聽過了，那間鋪子就是孫媳婦開的。

過來這裡時，李氏的態度有些遲疑，直到她看到孫媳婦兒還有兩個孫子、孫女開心地拿著雞蛋。離了老宅，他們過得倒是好。

莊氏往前走了過去，對上子安憤怒的眼神，笑著捏了捏他的臉，譏諷道：「娘，您看，這臉上都是肉，肥得很。您前些時候聽說孫子跟孫女受罪，還說要貼補他們，可您看，他們哪裡需要您這麼做？您瘦成這樣，這些人卻過得這般好，從未想過您！」

李氏一張臉黑了一半，也覺得自己的擔心很是可笑。她的孫子孫女跟想像中不一樣，不但過得很不錯，而且像是早就把她給忘了。

「唷，這衣服料子這麼好，竟穿起細布衣裳了？」莊氏扯了扯子安的衣裳。

這是前幾日紀婉兒在鎮上扯了些布，交給雲霜幫弟弟做的，雲霜也為自己做了一套。

周氏也拉了拉雲霜的衣裳，又扯了扯她的頭髮道：「就妳這死丫頭，也配穿得這麼好了？還不是個賠錢貨！」

紀婉兒不禁皺了皺眉。老宅的伯母和嬸娘，當真是不把兩個孩子當人看。她趕緊將雲霜拉到身後，又拍掉莊氏的手，把子安也帶到自己身邊。

「妳這小蹄子，敢忤逆長輩，打我了不成？」莊氏火氣上來了，馬上給紀婉兒扣了頂大帽子。

「哦？那伯母私闖民宅、虐待姪子，又該怎麼說呢？」紀婉兒反問道。

第二十七章　判若兩人

聽到這話，所有人都看向了紀婉兒，難掩眼中的驚訝。幾個月不見，紀婉兒似乎跟之前不太一樣了。啥私闖、啥虐待，怎麼說起話來文謅謅的？

「什麼私闖民宅，這本就是蕭家的院子，怎麼還成了妳的？」莊氏道。

紀婉兒冷著臉道：「分了家，地契上寫的就是我家夫君的名字，他沒同意，妳們隨意進來，就是私闖。」

莊氏沒想到外表精明實則傻到不行的紀婉兒突然變了個人，一時被她懟得說不出話來。

周氏看了李氏一眼，在一旁挑撥道：「娘，您看看，這姪媳婦跟原來真是不一樣了，咱們連自己家都進不得，怪不得她不認親戚，不讓表嫂在她鋪子裡幹活呢。」

一直沒說話的李氏嘆了口氣，不贊同地看著紀婉兒，切入了正題。「孫媳婦，聽說妳在鎮上開了個鋪子？」

紀婉兒在鎮上賣了好一陣子的吃食，從未想過要瞞什麼人。之前她戴著面罩，擺攤的地方又較偏僻，就沒被他們發現；如今鋪子所處的位置人比較多，她早就做好被老宅那邊知曉的準備，只是她沒想到，這些人得知之後竟是這種態度。

「對。」紀婉兒答道。

「妳表嬸去妳鋪子裡應徵，妳是不是把她攆走了？」李氏又問。

紀婉兒瞥了滿臉得意的吳氏一眼，回道：「用『攆』這個字不太合適，表嬸是拿著五文錢走的。」

李氏皺了皺眉，看向吳氏。

吳氏先是看了看李氏，又對紀婉兒說：「唷，表姪媳婦，這話說得怎麼這麼漂亮呢，搞得好像是我白拿了妳五文錢似的。妳說說，妳是不是故意不讓我在那裡做工？」

紀婉兒回道：「說故意倒是談不上，至於為何沒用您，表嬸從前做過什麼事情，自己沒數嗎？」

此時紀婉兒心想，幸虧沒用這個人，若是用了，還不知會惹出什麼麻煩來。

聽到這句話，吳氏心裡打了個突，只是她實在做過太多不妥當的事，誰知道紀婉兒說的是哪一件。況且她不記得自己曾經對不起紀婉兒，所以又有了底氣。「我做什麼了？妳說啊！」

紀婉兒瞥了她一眼，沒說話。

見紀婉兒不答腔，吳氏轉頭對李氏道：「姑母，您看到了吧？您孫媳婦知道我是誰，故意攆我走的。哪有像她這麼對長輩的？您可得給我作主啊！」

吳氏是李氏娘家的姪媳婦，紀婉兒不給吳氏面子，就等於給她難看。李氏本來還算重視蕭清明這個愛讀書的孫子，分家後也時不時想到他，這會兒卻很是不悅。

「孫媳婦，妳怎麼這麼不懂事，快給妳表嬸道歉。」李氏道。

聽到這話，雲霜抓著紀婉兒的手緊了些。

紀婉兒回頭看了雲霜一眼，拍了拍她的手，轉頭笑著說：「道歉？我為何要道歉？鋪子是我開的，我想招誰就招誰，我還是頭一回聽說店主不招人，要向那來應徵的人道歉的，合著我不是招幹活的，是招個祖宗來的？好大的臉！」

李氏年紀大了，上面沒有長輩，下面一堆小輩，兒媳們縱然有自己的小心思，卻沒人敢這麼跟她說話，紀婉兒這回應實在令她無法接受。

「分了家，妳翅膀就硬了是吧，連長輩的話都敢不聽了？」李氏怒道。

紀婉兒正想反駁，書房的方向就傳來一道聲音。「奶奶，您錯怪娘子了，是我不讓表嬸在娘子鋪子裡幹活的。」

只見蕭清明不疾不徐地抬步走到紀婉兒身旁，與老宅那邊的人面對面。「要道歉的話，不如表嬸先向雲霜道歉吧。當年表嬸偷走我母親繡的花樣子，卻冤枉是雲霜弄壞的，這件事至今還沒有個說法。」

紀婉兒看著站在她身邊的蕭清明，頗為驚訝。

嘴巴很利啊，真的是那個半天說不出一個字的蕭清明？而且他一點都沒結巴，模樣跟她說話時完全不同。她原本還想著蕭清明最近清瘦了不少，這會兒看著他的身影，突然又覺得他比以往強壯了許多……

雲霜就更激動了。哥哥從來不管這些事情的，這是要為她作主了嗎？她悄悄拉起袖子抹了抹眼淚。

蕭清明是個什麼樣的人，紀婉兒、雲霜、子安或許不夠清楚，可老宅這些人是看著他長大的，特別了解他。說得好聽一點，是喜歡學習、會讀書；說得難聽一點，就是個呆子。

小時候他好像挺聰明的，書讀得還不錯，可長大後考了兩回秀才沒考中，他們才發現這人讀書讀到傻了。自從他爹娘去世以後，罵他、諷刺他甚至打他，他都無動於衷；分家時啥都沒分給他，只給了處破院子，他也沒多說一個字，可今日他竟說出這番話，是哪根筋搭錯了嗎？

老宅的人處於既震驚又驚嚇的狀態，第一次對蕭清明感到陌生。他不是連話都不會說，快變成啞巴了嗎？是她們聽錯了吧？

吳氏沒有老宅那些人那麼了解蕭清明，她這會兒只記得他剛才說過的話，急忙反駁。

「你胡說什麼！我啥時偷走了你娘的花樣子，你胡扯！」

她沒想到事情過去這麼多年了，竟然還有人提起，而且是當著大家的面……她死都不能承認，反正他肯定沒有證據。

蕭清明又道：「七年前，二月初九，巳時。」

吳氏怔了一下，滿臉疑惑。「啥？」

蕭清明繼續說道：「表嬸偷走我娘花樣子的時辰。」

說這些話時，蕭清明的神情始終淡淡的，既沒顯現出拆穿吳氏後的驕傲，也看不出對她的厭惡，彷彿在說一件與自己無關的事情一般。

吳氏就沒這麼淡定，而是氣得快要吐血了。她剛剛哪裡是在問他什麼時候偷走花樣子了，這人是不是傻啊？

蕭清明卻還沒說完，又道：「過了月餘，三月十五，表嬸拿著相同的花樣子去了鎮上的針線鋪子，轉手賣得兩文錢。」

吳氏驚訝地看著蕭清明。她一直以為當年的事情做得很隱密，怎麼會被人發現了？事隔多年，她自己都記不得是何時了。

蕭清明的母親王氏特別能幹，會繡花賺錢，她當初想跟著王氏學，可王氏沒答應。為了這件事，她還去找李氏，想讓李氏用婆婆的身分壓著王氏低頭，結果王氏還是沒同意。

雖然李氏訓斥了王氏一頓，可她仍舊不解氣，悄悄偷走了王氏的花樣子，不料卻被王氏的女兒看見了。

王氏察覺自己的花樣子不見，她怕事情敗露，就賴給三歲的孩子，說是親眼看到雲霜把那個花樣子扯壞扔掉了。最後，雲霜因為不「誠實」、弄壞東西，被李氏打了一頓。

此刻，院子裡的人全都盯著吳氏。吳氏緊張又心虛，望著眾人探究的眼神，她連忙抓住李氏的袖子，道：「姑母，您看看您這孫子跟孫媳婦，因為分家的事情恨上了您，就不雇用我，現在又拿那些沒影兒的陳年舊事來抹黑我！」

再怎麼說，吳氏都是自己的娘家人，李氏縱然懷疑她，這會兒也不能承認。況且當年這件事是她下的結論，她當然不能打自己的臉。

想到這裡，李氏看著平日最聽她話的孫子道：「清明，你怎麼跟你表嬸說話的？還不快道歉！」

蕭清明凝視著過去算是疼愛他的祖母，抿著唇沒講話。

雲霜抓著紀婉兒的手收緊了一些，臉上的神情相當落寞——李氏的態度已經很明顯了。

紀婉兒見吳氏的表情又變得高高在上，笑著說：「如今那針線鋪子還在，表嬸不承認的話，不如我們去問問。既然我家夫君還記得，說不定掌櫃的也有印象呢。」

吳氏臉上的笑意消失，狠狠瞪了紀婉兒一眼。這會兒她終於回過味來了，說到底，就是紀婉兒故意不雇用她，這口氣她實在嚥不下去。

「家裡的長輩們在說話，有妳插嘴的分兒？也太不懂規矩了！」吳氏斥責道。

這小夫妻倆想騎到她頭上不成？姑母已經表明了立場，連蕭清明都不敢回話了，這小娘子卻還敢說她？她們今日來了這麼多人，她就不怕收拾不了她！

吳氏做好了準備，不管紀婉兒說什麼，她都要罵回去，不料蕭清明卻上前一步，擋在紀婉兒面前，冷冷地開口了。「表嬸，這是我家，這是我娘子，您若不愛聽我娘子說話，那就請回吧。」

這是要攆她走？吳氏心裡那叫一個氣啊！

周氏看著眼前的一幕，心思轉了轉。她冷眼旁觀了這麼一會兒，可算是看明白了，她原本還在想蕭清明怎麼突然變了樣子，原來是被紀婉兒這隻狐狸精給迷住了。說他可以，就是不能說紀婉兒，一說紀婉兒他就不高興。

果然，這天底下的男子啊，不管是讀書還是不讀書，不管是能言善道還是呆子，都是一樣的貨色，被漂亮姑娘迷得神魂顛倒的，連自己是誰都不知道。

想到自己今日過來的目的，周氏琢磨了一下。要是想搶過那鋪子，得先解決紀婉兒，只是蕭清明這麼護著她，怕是不好解決。不過，從剛剛他說的話來看，這書呆子多少是關心妹妹的。

想到紀婉兒剛才指責她的話，周氏諷道：「說起虐待雲霜和子安，我們還真比不上姪媳婦。聽說自從分了家，姪媳婦可是日日打罵兩個孩子。大姪子，你日日待在房裡讀書，怕是不知道吧？」

雲霜立刻從紀婉兒身後探出頭來反駁道：「妳胡說，我嫂子待我們可好了！」

周氏笑了，說道：「是嗎？妳莫不是被妳嫂子打怕了？子安，你跟你哥說實話，你嫂子打過你沒有？」

子安看了看嬸娘，又瞧了瞧兄嫂，沒說話。他很討厭嬸娘，可嫂子之前確實常打他，他不知道該怎麼回答。

紀婉兒微微蹙眉，瞄了蕭清明一眼。蕭清明也不看她，只道：「嬸娘，這是我的家務事，就不煩勞您插手了。」

周氏能推敲出來的，莊氏自然也想到了，畢竟這個姪子之前可是老實木訥得很，如今能這麼機靈，原因當然出在紀婉兒身上。不說平時，端看這一會兒的狀況，也曉得蕭清明處處維護紀婉兒。

她才不管吳氏有沒有偷東西，她是衝著那鋪子來的。從蕭清明的話裡不難聽出來，他如今很信任紀婉兒，既然鋪子是她在管，那麼讓蕭清明厭惡她就行了。趕走紀婉兒，蕭清明又是個呆子，到時候鋪子還不一樣是他們的？確切地說，是他們大房的！

周氏和莊氏平常鬥來鬥去的，如今在私下沒商量的情況下，倒是很有默契地往一處使起勁來，只能說紀婉兒那個鋪子的誘惑實在太大了。

「清明，看到你現在這個樣子，伯母很傷心，也很難過。你沒分家前是多麼乖巧的孩子，如今不僅忤逆長輩，還幫著……幫著這樣一個女子說話？唉，伯母為你不值啊！」莊氏話裡話外都是為蕭清明著想，看向紀婉兒的眼神很不善。

這樣的女子？紀婉兒笑了。

莊氏說完那番話之後頓了頓，期待蕭清明問她或紀婉兒反駁，沒想到這兩人一個不看她，一個則是衝著她笑。

見無人接這個茬，莊氏接著說：「你日日讀書，許是不知道外頭發生的事情。聽說姪媳婦跟其他男人走得很近，還在一處吃飯、買東西啥的。我雖然沒見過，但大家都說得有鼻子有眼的。」

從莊氏開口，紀婉兒就料到她要說什麼了，此刻她一點都不意外，可她看到蕭清明的身子僵住了，背在後頭的手也緊緊握了起來。

這是……生氣了？

也是，有哪個男子忍受得了自己的娘子做出這種事，尤其是被人當眾指出來，顏面可說是蕩然無存。他生氣也是應該的，這是人之常情。

紀婉兒心裡突然堵得慌。既為蕭清明失了面子難受，又為蕭清明可能因此厭棄她，或者如書中一般黑化而痛苦。

可莊氏說的都是事實，雖然那些事不是她做的，她卻無從反駁。原主的事早就在村裡傳遍了，老宅的人都知道，包括李氏在內。

「清明，都怪奶奶不好，當時讓你娶了這樣一個女人，真是苦了你了。有這樣的孫媳婦是家門不幸啊！」李氏痛心地說道：「你快別讓她再拋頭露面出去丟人了，在家裡好生待著吧！」

這些話就很有意思了。李氏知道原主在外面做的事，可她從來不管，這會兒卻突然站出來發聲了？說到底，她對蕭清明的喜愛也很有限。

莊氏見婆婆挑明了說，立刻接話道：「是啊，大姪子，你奶奶說得對，別再讓你媳婦兒去鋪子裡了。你放心，伯母有經驗，能幫你管好鋪子，這些事不用你操心，我收個辛苦費就行，剩下的錢都給你。」

婆婆都開口了，此時不表現，更待何時？

周氏不小心晚了一步，她先是不滿地瞪了莊氏一眼，又趕緊說道：「嬸娘比你伯母會做飯，讓我來也行。」

吳氏算是知道這兩人在打什麼算盤了，既然這鋪子落不到她的手裡，那只要能讓紀婉兒不舒坦就行，誰教她不讓自己去幹活呢？這麼一想，吳氏也在旁邊加油添醋。

眾人妳一言我一語地說了許多話，蕭清明卻始終保持沈默。

周氏見說到這個分兒上了，蕭清明還是無動於衷，她便猜測他是徹底被這女人迷住了，不會輕易把鋪子交給她們。

希望落空，周氏愈想愈火大，忍不住罵了一句。「你個沒用的東西！」

這種話，周氏從前就沒少說。自從知道公婆要供這個姪子讀書，天天讓這兄妹三人吃白飯，她就開始罵了。說白了，蕭清明能否考中秀才，跟她沒啥關係，那又不是她兒子；就算考中了，她也沾不了啥光，倒不如讓她的兒子去考。

紀婉兒見蕭清明垂下了頭，有些不忍心，她往前走了半步，想開口說些什麼。

第二十八章 心不在焉

就在此時，蕭清明抬起頭來說道：「正如嬸娘所言，我是個沒用的男人，既然我這麼沒用，娘子還願意跟著我，就是我的福氣。」

紀婉兒沒料到蕭清明會這麼說，她轉頭看向他，滿臉的不可置信。

說完，蕭清明的視線一一掃向眾人，最後停留在李氏身上。「奶奶，這些年我讀書用的究竟是什麼錢，您心裡有數，我不說不代表什麼都不知道。不過是念在爺爺奶奶的養育之恩，分家時才什麼都沒要。」

李氏的臉色白了白，莊氏和周氏也是心裡一慌，眼神開始游移。

「若你們再來找我家娘子的麻煩，或是在外頭說娘子的不是，就別怪我不客氣了。」

老宅一行人，來得快，去得也快。來的時候胸有成竹、盛氣凌人，走的時候灰頭土臉、心事重重。

蕭清明回書房繼續讀書了，雲霜和子安則進了堂屋休息。

紀婉兒躺在床上，回想蕭清明剛才的眼神，一顆心揪得緊緊的，像是有什麼東西抓著她的心臟不放，讓她無法呼吸。

在床上輾轉反側許久，紀婉兒都沒睡著。她的腦海中一直浮現蕭清明對李氏說的那些話，以及他當時的眸光——脆弱得讓人心疼。

至於蕭清明霸氣地護著她的表現，僅在她心頭停留了片刻，就消失了。

過了一會兒，紀婉兒起床了。與其在這邊擔心，不如直接去看看。她打開廂房的門，朝書房的方向瞄了一眼，接著轉身去廚屋燒水。水燒開之後，她將水盛進茶壺，提去了書房。

紀婉兒最近已經習慣直接推門進去，這會兒卻有些遲疑了，猶豫了一會兒，她伸手敲了敲門。

「夫君。」

「進。」

紀婉兒整理好心情，推開門朝蕭清明走去。她沒提剛剛的事情，而是笑道：「今日的醬香餅做得有些鹹，我想著你怕是要喝水，就燒了一些。」

說著她拿起一旁用竹子做的茶杯，往裡面添了一些水。「還有點燙，放涼一些再喝。」

蕭清明看了面前的杯子一眼，說道：「多謝娘子。」

紀婉兒見蕭清明語氣如常，不禁盯著他瞧。蕭清明平常不是面無表情就是害羞到不行，她還真沒法從他臉上讀出什麼訊息。

站了片刻，蕭清明始終沒什麼反應，紀婉兒垂眸看著他擱在桌上的手臂，輕輕扯了扯他的衣袖。蕭清明微微一頓，呼吸放緩了幾分。

只聽紀婉兒軟軟地喚了一聲。「夫君。」

這簡單的兩個字，像是羽毛一般落在心頭，撓得人心頭既癢又麻，蕭清明的耳朵不受控制地漸漸紅了起來。

瞧他這個反應，紀婉兒微微鬆了一口氣。

蕭清明見紀婉兒纖細的手指放在他深藍色的衣裳上，強忍握住她那隻手的衝動，清了清嗓子問道：「咳，娘子有何事？」

「我以後絕對不會再做那種事了，你……你相信我好嗎？」紀婉兒輕聲說道。

她方才思考了很久，想著該怎麼跟蕭清明解釋，可現在看著他，卻只能擠出這句話。已經發生的事情無法改變，那就只能給予未來一個承諾了。

蕭清明的手指微微併攏，抬頭望向紀婉兒。

從小，長輩就教導他，不要管其他事，只要念書就好，他聽進去了。有時候，他很容易就能看出某些事不太對，但長輩就是不讓他開口，若他說了，祖父不誇他便罷，甚至還會打他。所以他不是不知道，只是不能管。

老宅想趕走他們兄妹，他心裡有數，占了他不少便宜，他也知曉；妻子在外頭胡謅，說他花媳婦兒的嫁妝、罵他無能，他全都曉得，她有別的男人，他也清楚。即便他不說，內心卻是雪亮的。

那些親人在他眼中都像跳梁小丑一般，唯有一人擾亂了他的心，讓他無處可逃。縱然他明白她的心思不在自己身上，也知道她不缺錢，可他還是忍不住想幫她，讓她開心。

今日聽到旁人指責她，他終究插手管起了「閒事」。這麼做的結果，不僅沒像長輩說的那樣會影響他讀書，反倒令他更堅定自己的目標，能義無反顧地往前走了。

「好。」蕭清明迅速答道。

紀婉兒沒想到她不過說了這些，蕭清明就輕易地信了她。看著他那雙澄澈而又認真的雙眸，她知道，他的回答是真心的。

「今天謝謝你！」紀婉兒發自肺腑地說道。謝謝他為她說話，謝謝他信任她。

蕭清明會對老宅的人說出那番話，是在為她出頭；老宅的人會過來，是因為她在鎮上開吃食鋪子，生意太好，引她們眼紅。說到底，這事是她引起的。

其實就算蕭清明不出面，她也能應付那幾個婦人，可有他替她擋著，事情就更容易了。

此刻，蕭清明坐在椅子上，紀婉兒站在他的身側，他要微微抬頭才能看清她臉上的神情。

從這個角度，蕭清明看到了紀婉兒真誠的眼神，那清澈的眸光中，只有他一人的身影；那如桃花般嬌豔的唇瓣也微微上揚，朝著他笑。

漸漸的，蕭清明臉上剛褪去的紅暈又加深了。意識到自己心中齷齪的想法，他連忙移開視線，低下頭看書。

他不能再盯著她了。在她面前，他總是藏不住心事。蕭清明怕自己再多看一眼，就會洩漏內心真實的想法，也怕她會因此厭棄他。

紀婉兒不知道蕭清明心中所想，見他這副模樣，只覺得他可愛極了。那白裡透紅的臉頰，真是讓人忍不住……想捏。

這個動作，紀婉兒想了無數次，這次又手癢了，不過呢，現在她有比「動手」更想做的事情。

紀婉兒俯身朝蕭清明的臉龐親了一下——果然就跟她想像中一樣美好，軟軟的、熱熱的。

在蕭清明震驚的目光中，紀婉兒紅著臉跑了出去。

直到回到廂房，紀婉兒還是覺得雙頰像是著了火一般，燒得慌。她把頭埋進被子裡，一遍又一遍地譴責自己——她怎麼會這麼孟浪，竟然親了蕭清明！

憶起蕭清明的表情，紀婉兒心想，他該不會被她的舉動嚇到了吧？不會吧？應該還好吧?!

紀婉兒連忙從床上坐起來，隨後又躺了回去。

她親的時候膽子挺大的，這會兒冷靜下來，就覺得自己像是被扒光丟在眾人面前一樣，甚至在房裡也得蒙上被子才覺得安全。就這麼折騰了一會兒，漸漸的，她睡著了。

紀婉兒這邊睡得安穩又香甜，蕭清明那邊卻是如同掀起了滔天巨浪一般。

他覺得自己整個人像是被火焚身，先是臉頰滾燙，又蔓延至其他地方，心也怦怦怦跳個不停，書都看不下去了，滿腦子全是剛剛那一幕……

紀婉兒好好地睡了一覺，睡醒之後，想到方才發生的事情，她的嘴角不禁微微翹起。今天她的心情就像是洗三溫暖一般忽冷忽熱，起床之後，忽然想吃些甜食，反正蕭清明也喜歡。

雲霜察覺紀婉兒走出廂房，趕緊從堂屋跑了出來。雖然老宅的人已經離開，可被她們這麼一鬧，她怕嫂子會不高興。

沒想到，嫂子看到她之後，卻是笑著說：「今兒咱們晚飯吃些甜的好不好？」

「好。」雲霜忍不住鬆了口氣。

紀婉兒已經很久沒做竹筒飯了，她之前買了不少糯米，這會兒正好用上。如今家裡有錢，竹筒裡不僅放了糯米、紅棗跟葡萄乾，還加了糖。

蒸上竹筒飯，紀婉兒又拿刀去掉地瓜的皮，將地瓜切成一塊一塊的，放在籠屜上蒸，蒸熟之後搗碎，加入糯米粉攪拌，滾成長條狀。鍋裡放油，待油溫適中時，用虎口處將手上的地瓜長條擠成一顆顆圓球，放入鍋中油炸。

地瓜丸子炸好後，紀婉兒另外切了些地瓜塊，裹上一些麵粉放進鍋裡稍微炸一下。炸好後，她又用糖熬了糖漿，將炸好的地瓜塊丟入其中，做成拔絲地瓜。

三道菜都做好後，紀婉兒將飯菜端上了桌。

「哇，是拔絲馬鈴薯！」子安開心極了。

「不是馬鈴薯，是地瓜。」紀婉兒解釋道：「趕緊趁熱吃。」

子安知道這東西涼了就不好吃了，也沒猶豫，立刻挾起來放入口中。「哇，比馬鈴薯好吃！」他興奮地說道。

吃完拔絲地瓜，紀婉兒又招呼大家吃竹筒飯。

「嫂子還做了竹筒飯？哇，好甜啊！」子安興奮不已。他最喜歡吃甜食，今天這頓晚飯深得他心。

「這是用糯米做的。」紀婉兒道。

「真好吃。」雲霜也在一旁讚道。吃了幾口之後，見嫂子跟子安正在聊天，她忍不住看向自家兄長。

她哥哥怎麼怪怪的，這頓飯竟安靜得很。現在他不是偶爾也會誇嫂子一句嗎？可他不僅沒說話，還不看嫂子，只顧著吃飯。

難道……哥哥真的信了嬸娘她們的話，厭棄嫂子了？雲霜心裡忽然有些不安。

「嘗嘗這個好不好吃。」紀婉兒挾起一顆地瓜丸子放入雲霜的碗中。

雲霜怔了一下才說道：「謝謝嫂子。」

接下來，雲霜瞧見嫂子也為弟弟挾了一顆地瓜丸子。說起來，嫂子也怪怪的，平時嫂子會輪流為他們兄妹三人挾菜，可今日嫂子一會兒勸弟弟吃、一會兒勸她吃，唯獨沒勸兄長。

他們兩人就像是沒看到對方一樣，這是怎麼了?!

雲霜看了看沈默的兄長，又瞧了瞧笑得開懷的嫂子，思緒有些混亂。

蕭清明不開金口，紀婉兒一直在笑卻不看蕭清明，雲霜則是心事重重地來回盯著兄嫂，唯有子安毫無所覺，一口一口吃著飯菜，笑著讚道：「真的好好吃！」

晚餐就在這種詭異的氛圍下進行，吃飽飯後，蕭清明站起身看著紀婉兒，平靜地說道：「我去看書了。」

紀婉兒也靜靜地看著他，回道：「好。」

看著彼此客客氣氣的兄嫂，雲霜愈想愈覺得肯定是哪裡有狀況，不過好在他們還會跟對方說話，看來問題不是特別嚴重吧……

飯後，紀婉兒收拾好就回房去了。沐浴過後，她躺在床上，卻是怎麼都睡不著，不停思考著後半晌的事情。

她原本只是擔心蕭清明，這會兒冷靜下來，又想到了其他事情。今日老宅那邊的人演了這麼一齣，怕是在覬覦她的鋪子吧？

表面上是吳氏覺得自己受了委屈，拉著李氏過來為她主持公道；實際上則是莊氏與周氏為了搶鋪子來找她麻煩。她原本就知道老宅的人不要臉面，卻不知能無恥到這個地步。

書中對蕭清明分家的事情一筆帶過，並未細寫。她之前還覺得是因為蕭清明考了兩次都不中，所以老宅的人才一腳踢走他們這一房。現在回想起蕭清明最後對李氏說的話，再看李氏幾人的臉色瞬間變得很差，她心想，或許其中有什麼她不知道的事情吧？

蕭清明後期之所以產生那種變化，只怕不光是因為原主讓他戴綠帽跟弟弟被拐走，老宅眾人也扮演了某種角色。想到這些人的結局，紀婉兒越發覺得自己猜對了。

按照書中所述，原主的下場是因通姦罪和那名富商一同被送入官府；至於老宅那邊，雖然蕭清明當上大官，他們卻是一點好處都沒撈著。

再想想蕭清明今日和往常差距甚大的表現，紀婉兒只覺得更心疼他了。這樣的性格恐怕不是一、兩日形成的，是長期壓抑的結果，而壓垮駱駝的最後一根稻草，就是弟弟被拐走了。

如今有她在，定不會發生這樣的事情。想通這些，紀婉兒長長地嘆了一口氣。

興許是下午睡多了，即便思緒暢通許多，紀婉兒依舊睡不著。翻來覆去的過程中，她又想到自己在書房做的事情。

剛親完蕭清明時，紀婉兒是挺興奮的，以為他應該喜歡她這麼做。然而經過這一頓晚飯，她又有些不確定了，畢竟蕭清明表現得太過淡定，給人冷漠的感覺。

難不成……他並不喜歡她親他，甚至覺得厭煩？

這麼一想，紀婉兒突然有些意志消沈，也沒了之前的自信。

亥時，蕭清明終於回來了，聽到房門被推開的聲音，紀婉兒頓時緊張了起來。

見蕭清明到躺下為止始終沒跟她講話，紀婉兒越發懷疑蕭清明不高興了。過了許久，她還是難以成眠，心想總該確定一下他到底在想什麼才對。

「咳，夫君，你睡著了嗎？」紀婉兒輕聲問道。

蕭清明心頭一緊，立刻回道：「沒。」

結束這個問答之後，兩人之間又陷入了沈默。

雖說下午親蕭清明時挺主動的，可這會兒紀婉兒卻有些退縮。她的腦子亂得很，左思右想後才問道：「晚飯好吃嗎？」

蕭清明答道：「好吃。」

「哪一道最好吃？」

「每一道都好吃。」

「是第一道比較好吃，還是第二道更好吃？」

「第一道好吃，第二道也好吃。」

紀婉兒繼續沒話找話。「……丸子好吃嗎？」

「好吃。」

「怎麼個好吃法？」

蕭清明這次回答得沒那麼快了，他停頓了片刻才道：「肉很緊實，湯很鮮美。」

面對這個答案，紀婉兒一時無語。

見紀婉兒很久都沒再提問，蕭清明反而有些著急了。他心想，難道剛剛說錯了？他琢磨了一下，又誇道：「肉特別鮮嫩。」

紀婉兒終於開口了，回道：「我做的是菜丸子。」

蕭清明頓時慌亂起來，連忙補救道：「娘子做的菜丸子有肉味，為夫沒嘗出來是素餡的。」

聽到這裡，紀婉兒再也忍不住，「噗哧」一聲笑了出來。

這個蕭清明可真呆，他哪裡是不喜歡她親他，分明是緊張過度，竟然連她做了什麼菜都不知道，可見他吃飯時根本心神不寧。

蕭清明不明白自己說的哪裡不對，紀婉兒的笑聲有多大，他就有多慌張。「為夫……是哪裡說錯話了嗎？」

卻見紀婉兒總算止住了笑，回道：「沒啊，夫君說得很對。」

蕭清明鬆了一口氣道：「嗯，那就好。」

「夫君，你最近要好好讀書喔，別把心思用在別的地方。」

「……好。」

「早些睡吧，晚安。」

晚安？這是什麼意思？蕭清微微一怔，也道了一句。「晚安。」

隔天一早，紀婉兒燒了一鍋米湯，又做了些餅，想到昨天炸的地瓜丸子還剩下一些，她也端上了桌。

回想昨晚紀婉兒的笑聲，蕭清明挾了一顆丸子放入口中，等他嘗出味道時，瞬間呆住了。

只見子安邊吃丸子邊說道：「嫂子炸的地瓜丸子真棒，涼了也好吃。」

蕭清明嚼了嚼口中的丸子，耳根子瞬間紅了起來，他趕緊低頭喝一口米湯，掩飾內心的尷尬。他終於知曉娘子昨晚為何笑成那樣，她定是發現他有多緊張了。

就在此時，紀婉兒挾了一顆地瓜丸子放入他的碗中。「夫君，吃丸子，甜的。」

蕭清明紅著臉挾起丸子，瞥了紀婉兒一眼。瞧著她嫣紅的唇瓣，想起昨日在書房的那一吻，心想：果然很甜。

「我特地為你做的。」紀婉兒笑著說。她知道他喜歡吃甜食。

聽到這句話，蕭清明覺得口中的地瓜丸子更甜了。

見兄嫂之間雨過天晴，雲霜終於放下心來；子安卻有點悶悶不樂，原來嫂子不是為了他，而是為了哥哥才做地瓜丸子的……

第二十九章　丟人現眼

到了鋪子時，紀婉兒還有些煩惱老宅的人會不會來鬧，不過她的擔心是多餘的，接下來幾日，除了生意一直很好之外，一切都很平靜。

紀婉兒心想，一方面是他們暫時不採取行動，另一方面大概是蕭清明說的話造成的影響，想來這裡面有不少隱情。雖然有些好奇，但她沒多問。

這天，紀婉兒路過一家乾果鋪子，見裡面賣的核桃品質不錯，想到這東西營養價值高，她便咬咬牙，秤了五、六斤。

回家之後，紀婉兒砸開一些核桃，拿進廚屋。她燒開了水，將核桃仁放入鍋裡，過一會兒就撈出來。接著起鍋，鍋中倒入水與糖，等糖漿熬好以後，倒入核桃仁翻炒。待核桃仁裏上糖以後關火，最後再拿去稍微油炸一下。

核桃仁炸好之後，紀婉兒拿給雲霜和子安嘗了嘗。「好吃嗎？」她問道。

「嗯，很好吃，很甜。」子安邊吃邊說道，雲霜也點了點頭。

紀婉兒留了一些核桃仁給雲霜跟子安，剩下的則裝在盤子上送到了書房。「夫君，你讀書辛苦了，吃些核桃吧。」

見紀婉兒愈來愈關心自己，蕭清明嘴角露出一絲淺淺的微笑。

真是的，又用這種眼神看她，也太勾人了……紀婉兒有些受不了。「快吃吧，吃完好好讀書。」

「好。」蕭清明頷首道。

隔天紀婉兒又買了兩斤核桃，趁著不忙的時候，用同樣的方法在鋪子裡炸了核桃仁，等到紀懷京中午來用飯時交給他。

「我剛剛做了些零嘴，帶著吧，餓的時候吃。」紀婉兒說道。

紀懷京看著手中的核桃仁，開心地說道：「謝謝姊姊。」

「客氣什麼。」她笑著說。

接下來紀婉兒天天為蕭清明做各種吃食補充營養，時間就這麼流逝，蕭清明出門考試去了。

蕭清明在家裡的存在感並不強，但他一離開，紀婉兒整顆心卻空落落的，晚上睡覺時也不太踏實。

紀婉兒的心情持續低落，過了幾天仍沒改善，但生意還是得繼續做。這一日，她正坐在櫃檯前發呆，卻見門口走進了兩個熟悉的身影。

曾嬸子不知道她們是誰，上前招呼道：「兩位想吃些什麼？」

「妳這婆子哪裡來的？我們來自家鋪子，還需要妳招呼？」周氏不客氣地說道。

紀婉兒挑了挑眉。根據她的記憶以及老宅的人那日的表現，她們沒上鋪子鬧，她還覺得挺奇怪的，原來是在這裡等著她呢。

曾嫂子不明所以，瞄了瞄周氏，又看向紀婉兒。紀婉兒示意曾嬸子去後頭幫忙，自己則留在這裡。

「自家鋪子？」紀婉兒嘴角微微扯了一下。

周氏笑著說：「可不是嗎？這就是咱們蕭家的鋪子呀。」

莊氏緊接著道：「姪媳婦，我看妳不是做生意的料，還花錢雇這麼多人。妳讓她們走吧，這裡有我跟妳嬸娘就行了。」

那天從蕭清明的茅草屋離開後，她們確實有一陣子不敢輕舉妄動，畢竟蕭清明的模樣著實嚇人。可那是李氏、莊氏和周氏的想法，蕭清明的祖父、伯伯與叔叔沒親眼見到，他們可不這麼認為。

又過了幾天，漸漸的，莊氏跟周氏也覺得自己想太多了，或許蕭清明並不如她們想像中那麼厲害。

其實她們一直想來鎮上的鋪子鬧，不過一開始選擇按兵不動，從旁觀察、估算這間鋪子的獲利程度，最後推算出一日能賺個五十文錢。

其實紀婉兒賺的遠不止這些，不過這是因為莊氏與周氏抓不清這些吃食的成本，所以低估了。

因為對蕭清明有所顧忌，她們決定等他離開之後再來，畢竟紀婉兒是個蠢蛋，只要蕭清明不在，這鋪子就好拿了。

莊氏與周氏兩人打的算盤是，只要她們能進鋪子就行，先在這裡偷學手藝，學會了以後再搶下來。若是紀婉兒聽話，就讓她留著，要是不聽話，把她趕走就是了。

周氏附和道：「是啊是啊，我跟妳伯母定能把這鋪子打理好的。」

這是來搶鋪子了？紀婉兒忍不住笑了，看來她們把她當成傻子看待了呢。

剛嫁過來時，原主確實被周氏和莊氏騙得團團轉，花了不少自己的嫁妝，只不過她並不是原主，想動歪腦筋也得看對象。

紀婉兒壓根兒不接她們的話茬，話鋒一轉道：「伯母和嬸娘可是我的長輩，我怎好使喚妳們呢？」

莊氏和周氏一時語塞，不過莊氏很快就反應過來，笑著說：「姪媳婦這說的是哪裡話，咱們都是一家人，說什麼使喚不使喚的。一筆寫不出兩個蕭字，這還不都是在為蕭家賺錢嗎？」

聽到這些話，紀婉兒沒什麼感覺，雲霜卻氣得不得了。伯母這會兒知道說大夥兒是一家人了，之前把他們從老宅攆走時可不是這麼說的。

紀婉兒注意到雲霜的臉色，便道：「伯母此言差矣，咱們已經分家，可是兩家人了。」

這是真的變精明了，還是對老宅仍帶著脾氣？莊氏暗自琢磨了一下，瞥了周氏一眼，示意她去說。

周氏的脾氣一向不好，況且紀婉兒又是晚輩，她沒什麼好怕的。見紀婉兒一直在推託，她臉上的笑意淡了幾分，說道：「姪媳婦，我實話跟妳說吧，這是妳爺爺奶奶讓我和妳伯母過來的。咱們蕭家的鋪子，斷然沒有讓外人占去的道理，趕緊把這幾個人攆走，我跟妳伯母在這裡幫妳。」

曾嬸子跟邱嫂子雖然待在後頭，卻留意著前頭的情況，聽到莊氏和周氏說的話，她們都有些擔心。東家自己人過來，是不是就不需要她們了？那這下豈不是要被辭退了?!

呵，紀婉兒冷笑了一聲。她今日算是再次見識到老宅的人有多沒下限，這是不要臉面，打算明搶啊！話都說到這個分兒上了，她也不用再跟她們多費唇舌。

「曾嬸子和邱嫂子來這裡幹活是簽了契約的，我不會無故辭退她們，況且有她們在，鋪子運轉得很不錯，就不煩勞伯母和嬸娘了，您二位請回吧。」

瞧著紀婉兒決絕的模樣，莊氏和周氏的面子都有些掛不住。她們上回沒看錯，這個紀婉兒的確跟從前不一樣了。

莊氏斂起笑容，往後撥弄了一下頭髮，板著臉說道：「姪媳婦，妳是認真的？這可是蕭家的生意，若是改日妳爺爺跟叔叔伯伯們過來，可就不像咱們這麼好說話了。」

一提到他們，雲霜與子安露出了害怕的神情。紀婉兒心想，看來這幾人平日待孩子們也不好。

周氏看著兩個孩子的反應，笑著說：「是啊，這是咱們蕭家的鋪子，妳爺爺跟叔叔伯伯們可是作得了主的。」

被莊氏和周氏威脅，紀婉兒不怒反笑。

瞧著紀婉兒的笑容，莊氏和周氏心底同時生起一股不好的預感，果然，接下來她說的話讓她們的心涼了半截——

「哦？蕭家的鋪子？我記得這鋪子的主人姓鄧，是我一個月花幾百文錢租的，怎就變成蕭家的了？什麼時候換的人？」

「這鋪子不是你們買的啊？」周氏脫口而出。說完，她察覺到自己失言，立刻捂住了嘴。

原來不只是要來鋪子搶位置，連店面都不放過？這臉可真夠大的！紀婉兒嘴角的笑意加深，回道：「不是。」

周氏失望極了。她原以為蕭清明夫妻倆藏錢買了個鋪子，結果搞了半天，一樣是窮鬼啊……

莊氏倒是跟周氏不同，她從頭到尾只惦記紀婉兒的手藝，想將鋪子裡的生意占為己有。「不管鋪子是誰的，這生意都是咱們蕭家的。」

紀婉兒將目光從周氏挪到莊氏臉上，說道：「伯母這話不對，不光這鋪子不是蕭家的，生意也不是。」

「妳這話是什麼意思？」莊氏皺起了眉頭。

紀婉兒認真說道：「這手藝是我從京城學來的，開鋪子前期的擺設跟器具是我買的，食材跟租鋪子的錢是我賺的，就連租約上寫的也是我的名字，您說這鋪子是誰的？」

莊氏著實沒料到立約人竟是紀婉兒。手藝是她的，簽約的人也是她，錢還是她出的，那這生意就跟蕭家沒什麼關係了，她們若是想搶，並不占理。

一時之間，莊氏一句話都說不出來，可周氏就憋不住了，紅著臉怒道：「搞了半天，這是妳拿我大姪子的錢貼補妳自己啊?!妳可真會算計，怕是我那個傻姪子啥都不知道吧？」

看著莊氏和周氏失望跳腳的模樣，紀婉兒心裡很是痛快，正欲開口回周氏，就見一直站在一旁不說話的雲霜上前一步道：「不是這樣的，我哥哥啥都知道，他說了，這算是我嫂子的東西。」

周氏正不斷暗罵蕭清明蠢，聽到雲霜說這些話，她忍不住罵道：「妳這蠢貨！天天幫著外人，讓她賺私房錢。」說完，她又看向子安道：「一群蠢東西！」

見周氏罵雲霜跟子安，紀婉兒很不高興，她將兩個孩子拉到身後，冷著臉對莊氏和周氏撇了撇嘴道：「嬸娘說旁人之前還是先自個兒照照鏡子吧。有些人啊，不光蠢，還壞到了骨子裡。天天惦記著分了家的姪子的東西，還想侵占姪媳婦的資產，不知是何道理？」

她們幾個人爭執了有一會兒，不少客人看了過來，這會兒聽到紀婉兒說的話，總算明白到底是怎麼回事了，全對著莊氏和周氏指指點點的。

此時莊氏已經回過神來，她留意到周遭的視線，見周氏還要吵，不禁扯了扯她，周氏卻不高興，瞪了莊氏一眼。

莊氏心想，周氏可真是看不清楚形勢。若鋪子是蕭清明買的，或租約上寫的是蕭清明的名字，她們還有話說，這會兒卻是站不住腳了。

想了想，莊氏換了個方式找麻煩。「姪媳婦，妳這說的是啥話？我跟妳嬸娘是看鋪子裡人多，瞧妳最近太辛苦了，所以過來看看需不需要人手。妳不讓我們來幫忙就算了，怎還說這麼難聽的話？我們畢竟是長輩，妳這麼說實在太不應該了！」

莊氏和周氏的輩分擺在那邊，她這麼一說，旁人倒不好判斷情況，紛紛討論了起來。

曾嬸子在後頭看了一會兒，大致上明白了莊氏與周氏的企圖，也知曉紀婉兒的態度了。

紀婉兒是晚輩，怎麼說都不占理，她就不一樣了。她比這兩個婦人年長，又是外人，愛說啥就說啥，她可是清清楚楚記得周氏方才那趾高氣揚的樣子。

「我呸！也不知道是誰一上來就要東家攆我們走，一副自己是主子的模樣。明明就是來搶姪媳婦的鋪子，還說得這麼好聽！」曾嬸子罵道。

見周圍的議論聲愈來愈大，莊氏的臉上掛不住了。

「哪來的婆子，這裡有妳說話的分兒？」周氏生氣地回道。

眼見愈來愈多人聚集到鋪子裡，紀婉兒想早早結束這場鬧劇，便對莊氏和周氏說：「伯母和嬸娘是我的長輩，我可使喚不起，妳們趁早回吧，我還得做生意。」

曾嬸子乘勢又罵了幾句，莊氏丟不起這個人，趕緊拉著周氏離開了。

等莊氏和周氏離去，看熱鬧的人就散了大半，不過倒是有一些人留下來吃飯，也算是因禍得福了。

雲霜在後面忙活了一會兒，見紀婉兒過來了，她便小聲問道：「嫂子，嬸娘她們會不會回家喊爺爺他們去了？會不會還來搶咱們的鋪子？」

紀婉兒笑著回道：「放心吧，不會的。」

若立約人是蕭清明，或許這戲還沒完，畢竟如莊氏所說，一筆寫不出兩個蕭字。可租約上頭寫的是她紀婉兒的名字，他們不僅師出無名，還會落個侵占晚輩資產的名聲，不會這麼傻的。

「嗯。」雲霜鬆了一口氣。

話雖如此，紀婉兒卻擔心他們會上茅草屋找碴。想了想，她決定在蕭清明返家之前先不回蕭家村，反正鋪子後面有地方能睡。

對於不用來回奔波這件事，雲霜和子安很是開心。

下午，紀婉兒帶著他們去了一趟館子，兩人長這麼大第一次上館子吃飯，很是興奮，然而吃過之後卻有些失望。

「我從前聽虎子哥他們說上館子多好多好，可是根本沒什麼，還不如嫂子做的飯菜好吃。」子安道。

雲霜也道：「嗯，油雖放得多，但沒嫂子做的香。」

「就你倆嘴甜。」紀婉兒笑道，隨後為他們一人買了一串糖葫蘆，當作補償。

接下來幾日，三人依舊沒回蕭家村，紀婉兒也不做飯了，領著雲霜和子安將鎮子逛了個遍。

「我再也不羨慕虎子哥了，他去過的地方我都去過，他沒去過的地方我也去過了。」子安得意地說。

「放心，以後咱們還會去更大的地方。」紀婉兒說道。

「比鎮上還好的地方嗎？」子安興奮地問道。

紀婉兒朝著北邊點頭道：「對啊，比鎮上更好。」

「有鎮子兩倍大嗎？」子安又問道。

「百倍有餘！」紀婉兒笑道。

在子安的心中，鎮子已經很大了，若是大上百倍，那得多可觀啊！子安不禁看向北邊，眼神充滿了嚮往。

這一天，紀婉兒正在鋪子裡招呼客人時，門口突然站了一個人。

其實那人一出現，紀婉兒的眼尾餘光就注意到了，不過她沒轉頭看。她心想，招呼完這一桌，那人應該就會進來，可這一桌都點完餐了，那人卻站著沒動。

紀婉兒提高音量，告知邱嫂子客人點餐的內容以後，回頭朝那人望了過去，這一看，頓時怔住了。

「娘子，為夫回來了。」

紀婉兒早就想過蕭清明這幾日該回來了，也天天盼著他，可當他冷不防出現時，她又有些意外和驚訝。

蕭清明身上背著一個竹筐，這是他臨走前紀婉兒從鎮上買來的。他看起來挺有精神，可身子卻又單薄了些，考試前紀婉兒拚命幫他補起來的肉這會兒全沒了，瘦弱得像是他們初見時那樣。

不過，與初次相見不同的是，蕭清明望著紀婉兒的目光中沒有冷淡，而是多了幾分熱度。

紀婉兒雖然覺得他平安回來就好，可話到了嘴邊卻變成：「還杵在那裡做什麼？快進來歇會兒！」

「好。」蕭清明聲音有些沙啞地回道。

第三十章　分享喜悅

紀婉兒直接領著蕭清明去了後頭，一見到他，子安就激動地喚道：「哥哥！你回來了！」

雲霜聽到弟弟的聲音，連忙從廚房出來，看向來人。「哥哥。」她的聲音裡帶著一絲哽咽。

邱嫂子原本有些好奇這年輕男子是誰，怎跟老闆娘這般親密，這會兒聽到兩個孩子的稱呼，才知這就是老闆娘那從未露面的丈夫。

這小夥子長得可真好看，斯斯文文、白白淨淨的，又瘦又高，跟老闆娘站在一起，宛如一對璧人。

「餓了吧？你先去洗把臉，去房裡等著，我做吃的給你。」紀婉兒說道。

蕭清明抿了抿唇，嘴角揚起一抹笑容道：「嗯。」

如今吃食大多是曾嬸子跟邱嫂子做的，紀婉兒只負責豆腐腦點漿這個步驟，其餘時間她大多待在前頭收錢，這會兒蕭清明要吃東西，她就想自己做了。

紀婉兒先為蕭清明盛了一碗雞湯豆腐腦，炸了幾根油條，又準備了一些豆渣餅、醬香餅跟兩顆水煮蛋，將這些吃食放在托盤上，送進了房間。

當紀婉兒進房時，蕭清明正坐在桌前，用雙手支撐著下巴閉目養神。她這才發現他眼下一片烏青，看起來疲憊極了。

蕭清明並未睡著，紀婉兒一推開門他就知道了，等她輕手輕腳將托盤放在桌子上，他便睜開了眼睛。

紀婉兒輕聲道：「累了嗎？吃點東西再睡吧。」

蕭清明眨了眨酸澀的雙眼，低聲道：「好。」

雖然蕭清明如今模樣看起來有些狼狽，但這眨眼的動作也太可愛了。紀婉兒忍住摸他頭的衝動，一一拿起托盤上的東西放到他面前。

隨著陣陣香氣飄來，蕭清明的視線終於從紀婉兒身上挪到面前的吃食上，嚥了嚥口水。這熟悉的飯菜香，真的是久違了。

紀婉兒將筷子遞給蕭清明，見他盯著飯菜發呆，沒注意到她的動作，紀婉兒不禁心念一動，問道：「夫君，你是不是很累啊？」

聽到紀婉兒的問話，蕭清明抬頭看向她道：「還好。」

「要不我餵你吧。」紀婉兒笑著提議。

瞧紀婉兒看似玩笑又認真的眼神，蕭清明的臉漸漸紅了起來，說話開始結巴。「不……

不……不用了，我……我……我自己來就……就行。」

說著他垂眸就要拿紀婉兒手中的筷子，誰知她故意往回收了一下。

蕭清明抿了抿唇，偷偷瞥了紀婉兒一眼。紀婉兒見他耳根都紅了，沒再逗他，將筷子遞給了他。

此刻蕭清明緊張得要死，心臟狂跳個不停，他端起了豆腐腦，拿著筷子就要挾。

「等等，要勺子。」紀婉兒說著拿起一旁的勺子給他。

蕭清明終於漸漸恢復正常，開始用餐了。

紀婉兒托著下巴坐在蕭清明對面看著他吃飯，雖然早就知道他能吃，可最後吞下的分量卻遠超乎她想像——兩碗豆腐腦、十根油條、幾個豆渣餅跟醬香餅，還有兩顆水煮蛋。

她原先拿來的東西沒這麼多，是看蕭清明一副還要吃的樣子，她才去廚房補貨的。「你幾日沒吃飯了？」紀婉兒問道。

「每日都吃。」蕭清明回道。吃是吃了，只是吃得不多，也嘗不出什麼味道。不過，他沒打算跟娘子說這些。

紀婉兒心想，看來考這一趟試並不輕鬆。「慢些吃，家裡吃食多著呢。」

「嗯。」蕭清明點點頭。

蕭清明吃過飯，紀婉兒就看出他睏到不行了。可他剛剛吃了這麼多東西，她怕他這會兒睡了會積食，就拉著他聊了一下天，基本上都是她說，他負責聽。

紀婉兒將這段時日以來發生的點點滴滴告訴蕭清明，可她卻略過了莊氏跟周氏來找麻煩的事。後來她瞧蕭清明都快閉上眼睛了，便沒再拉著他講。

「夫君，你去睡吧。」

「好。」說罷，蕭清明就自動自發地要去找草蓆和被褥。

「去床上睡吧。」紀婉兒說道。

蕭清明怔了怔，轉頭看向紀婉兒。

不知為何，紀婉兒突然覺得臉熱，她輕咳一聲掩飾尷尬，說道：「咳，這裡沒有多餘的草蓆和被褥，要是不想在這裡睡，就去隔壁雲霜和子安的房間睡吧。」

話才剛說完，紀婉兒就看到蕭清明猶豫了一下，隨即抬起步伐往外走。

她頓時傻住了。這個呆子！出去考了一回試，沒能長長見識不說，還比以前更呆了？好，他今日要是敢出去，回頭她不會讓他進房了！

只見蕭清明快步走到門口，頓了頓，縮回了邁出去的一隻腳，把門關上了。他回過頭，對著紀婉兒質疑的眼神解釋道：「咳，風大，我怕睡了會冷，關個門。」

七、八月的天，他跟她說冷?!紀婉兒瞪大了眼。

蕭清明說完以後沒再敢看紀婉兒，他迅速走到床邊，往床上一躺，拉過一旁的被子蓋上，活像是怕自己後悔，也擔心紀婉兒反悔一樣。

瞧他這副緊張的模樣，紀婉兒忍不住笑了。「夫君好好休息吧，我去前面看看。」

「嗯。」蕭清明微微睜開眼睛應了一聲。

等紀婉兒出去，蕭清明就吁了口氣。這些日子以來，他總是沒睡好、沒吃好。如今雖然沒有回到自己的家，可看到了思念的人、嘗了想念的飯菜，他覺得很安心，而且那隨手扯過來蓋的被褥上，有熟悉的、讓人臉紅心跳的香味。

在聞到被褥上的香氣時，蕭清明覺得像是有什麼東西在輕輕撓著他的心臟一般，令他心跳加速，莫名有些激動。不過他沒能抵得住身體的疲憊，慢慢睡著了。

完全入睡前，蕭清明突然想到了什麼——有件事，他還沒告訴她，她也沒問。

蕭清明是早上抵達鋪子的，等他醒過來時，已經是後半晌了。

這幾日紀婉兒跟兩個孩子在鎮上住，秉著不浪費的原則，鋪子的門整天都開著，到了晚上還能再做一會兒生意，能比之前再多賺個二、三十文錢，不過她依舊早早讓曾嬸子和邱嫂子回去了。

見蕭清明醒過來，紀婉兒做完眼前這桌客人就關了店門，四個人收拾好東西回去蕭家村。

返家的路上，子安和雲霜都非常開心，紀婉兒也覺得空氣似乎比平日清新了幾分。到了蕭家村村口，村裡人瞧見蕭清明，便問他考得如何。蕭清明一向寡言，只簡單說了「尚可」、「還好」、「多謝關心」之類的話。眾人大致上了解蕭清明的脾性，也曉得他過去考了兩回都沒考中，便沒那般熱情地追問他了。

孫杏花瞧紀婉兒幾個人回來了，先是問蕭清明考得怎麼樣，又問紀婉兒。「你們這幾日幹啥去了，怎麼沒回村裡？我擔心到不行，正琢磨著這兩日要去鎮上的鋪子瞧一瞧呢。」

聽到這話，蕭清明掃了紀婉兒一眼。

紀婉兒沒注意蕭清明的目光，對孫杏花解釋道：「這幾日一直在鋪子裡，夫君不在，家裡沒其他人，我想著來回跑挺麻煩的，就睡在那裡了。」

孫杏花點頭道：「原來是這樣，沒事就好。」

「多謝嫂子關心。」

「客氣啥！行了，我就不跟妳多說了，清明兄弟考試辛苦，你們快回家休息去吧。」

「好，咱們改日再說。」

「嗯。」

雲霜瞧見自家兄長探究的目光了，她瞧了瞧紀婉兒，又看了看蕭清明，表情若有所思。

這一天的晚飯，紀婉兒做了手打麵。這是蕭清明最愛吃的，再加上中午那頓飯他都在睡，早就餓了。等麵煮好，他就一口氣吃了整整三碗，比平常吃的都多。

子安不禁目瞪口呆道：「哥，你怎這麼能吃了？」

蕭清明正考慮要不要再吃一點，聽到弟弟的話，頓時猶豫了起來。

雲霜連忙說道：「是嫂子做得好吃，哥哥才吃得多，外頭的飯菜不好吃，哥哥吃得少。」

紀婉兒看了看他們三個人，笑著對蕭清明說：「沒吃飽的話再去盛。」

蕭清明抿了抿唇，又去盛了半碗麵。

晚飯過後，蕭清明沒去讀書，而是主動跟著紀婉兒去了廚屋，接下刷鍋洗碗的活。紀婉兒也沒客氣，見他想做，立刻交給他。

從前沒讓他做，是因為他馬上要去考秀才，如今都考完了，幹點活也沒什麼。她見蕭清明不會洗碗，還在一旁教他。

可不能因為蕭清明不會就不讓他做了，要不然以後這些工作豈不是就落在她一個人頭上了？自然是教會了才有下一回。

雖然蕭清明的動作笨拙，但紀婉兒沒嫌棄他，還不斷鼓勵他。一個指揮得認真，一個洗得開心。

刷洗完鍋碗瓢盆，蕭清明又去收拾菜地、打掃院子。雲霜一度想去幫忙，卻被紀婉兒偷偷制止了。

雲霜見嫂子和兄長似乎都很開心的樣子，便沒再多說，回屋去了。

等蕭清明幹完活，紀婉兒瞧著他額上冒汗、臉色紅潤的模樣，笑著說：「夫君辛苦了，鍋裡已經燒好水，去沐浴吧。」

「嗯。」

等兩人回廂房躺下時，還不到戌正。紀婉兒一般睡得早，這會兒也差不多該睡了；蕭清明一般不到亥時不回房，這會兒就寢的時間倒是比平日早了許多。

因為天氣有些悶熱，紀婉兒便打開了窗戶，雖然誰都沒說話，可房裡卻一點都不安靜，外頭蟲叫蛙鳴不斷，此起彼伏。

過了許久，蕭清明開口了。「娘子，妳怎麼不問問為夫考得如何？」

不知是不是最近沒睡好，抑或是蕭清明返家後讓人有了安全感，紀婉兒一躺下就有點睏，覺得自己好像馬上就要睡著了，可聽到蕭清明的話，她頓時清醒了過來。

蕭清明不說，紀婉兒還沒發現自己一直沒關心他考試的情況。只是她覺得既然已經考完了，那麼多想也無益，反正是好是壞，結局早在所有人都考完的那一瞬間就決定了。

紀婉兒有點記不清書中是怎麼寫的了，只曉得蕭清明是在原主離開之後考中的，到底是今年還是明年？或是再過幾年？

也許……這回沒考中？那是因為她的到來改變了這一切，還是蕭清明本來這次就考不中？

其實紀婉兒對目前的生活挺滿意的，蕭清明考中秀才與否，似乎也沒那麼重要了。總之她能開鋪子營生，蕭清明能靠抄書賺錢，若是真考不中，他還可以去學堂裡當夫子，為人啟蒙。

短短的幾秒鐘，紀婉兒已經將蕭清明科考失敗之後的人生規劃好了。

「結果如何並不重要。」紀婉兒道：「只要夫君盡力了就好。」

紀婉兒覺得自己這話說得沒什麼問題，而且非常貼心，可蕭清明那邊卻沈默了。

就在紀婉兒真的快要睡著時，地上傳來了一道聲音。「可我想告訴娘子。」

紀婉兒迷迷糊糊地說：「嗯……那你說吧，考得如何？」

蕭清明清了清嗓子，又抿了抿唇，才說道：「娘子，為夫考中了。」

這句話說完，房內久久沒有任何聲音。

紀婉兒剛才那話是在無意識狀態下說的，她實在太睏了，等她反應過來蕭清明說了什麼時，已經不知過了多久。

「你說什麼?!」紀婉兒猛然從床上坐了起來。

蕭清明原以為紀婉兒睡著了，有些失望，想著明日再跟她說一次，這會兒聽到她激動的喊聲，他忍不住笑了。昨日一得知結果，他便立刻啟程回來，走了一夜的路，早上才抵達鎮上。

他就是想第一個告訴她。可她似乎不關心他考得如何，而是……更關心他這個人本身，只問他累不累、吃得好不好、睡得香不香，一句都沒問他考得怎麼樣。他被這種溫暖包圍著，也忘了說，直到剛剛才想起來。

蕭清明也從「床上」坐了起來，輕咳一聲道：「咳，為夫剛剛說，這回考中了。」

竟然……考中了?!

這個書呆子可真能憋，早上到的時候不說、回程路上不提、吃飯時不講，這會兒都快要睡著了才開口，也不知道心裡在想什麼，虧她還想著怎麼安慰他、計劃他的將來。

看來蕭清明考上秀才，並不是因為受到了刺激，不然他明明好好的，怎麼還是考中了？這說明他本來就優秀吧？

對於這樣的結果，紀婉兒雖然很開心，但也沒有到欣喜若狂的程度，因為蕭清明本來就能考中，只是時間早晚的問題罷了。

不過紀婉兒還是由衷地稱讚蕭清明。「夫君，你可真厲害。」

紀婉兒讀過蕭清明的書，也了解科考的項目，總之就是三個字——難得很。之前她還想過蕭清明是不是不夠聰明，才落榜了兩回，後來知曉考試內容後就沒這種想法了，能考上秀才的都不是一般人啊。

「咳，多謝娘子。」蕭清明又咳了一聲，只是這次不是要清嗓子，而是因為害羞。

這會兒紀婉兒也不睏了，問起了蕭清明在外面考試的事情，絮絮叨叨說了很久，說到最後，她自己睏得撐不住了。

「怎麼沒人來家裡報喜……」紀婉兒喃喃道。

「估計這幾日就來了吧，娘子可以先準備好。」蕭清明語氣輕快地說道。

這句說完過了許久，他才發現紀婉兒已經睡著了。

月光微弱，只能看到有個人躺在床上，可在蕭清明的心裡，能想像出紀婉兒此刻的神情。

想著想著，他的嘴角露出一絲微笑，輕輕道了一句。「娘子，晚安。」

蕭清明沒打算得到回應，誰知那躺在床上已經熟睡的人卻突然回答了，有如囈語一般。

「晚安……」

蕭清明聽到以後，嘴邊的笑意加深了。

隔天紀婉兒早早就醒了過來，她起身時，蕭清明還沒醒。望著在地上睡得正香的人，紀婉兒想到他最近夠折騰了，不想吵醒他，然而她才剛躡手躡腳地下床，就見蕭清明睜開眼睛看向她。

「娘子，早上好。」說著，他坐了起來。

「早上好。你就多睡一會兒吧，最近辛苦了。」紀婉兒道。

「不必，我昨日睡了許久，緩過來了。」蕭清明拒絕了這個提議，拿過一旁的衣裳披上了。

第三十一章 貪得無厭

蕭清明今日沒看書，也沒待在家裡，他跟著紀婉兒他們去了鎮上。紀婉兒原本不想讓蕭清明去的，但見他相當堅持，便沒再拒絕。

到了鋪子裡，蕭清明沒像從前那般在房間不出來，而是去了前頭幫忙。招呼客人他不在行，不過他可以收拾桌子跟上菜。

曾嬸子和邱嫂子盯著蕭清明的眼神很是熱切，沒少在後頭跟紀婉兒稱讚。

「讀書人哪裡還會做這樣的事情？大妹子妳嫁得可真不錯。」邱嫂子笑道。

「可不是嗎？都說啥……啥君子遠啥，遠廚房，可妳看這位大兄弟，一點兒都不忌諱。」曾嬸子也道。

聽著她們對蕭清明的讚揚，紀婉兒有一種與有榮焉的感覺。

中午吃飯時，紀婉兒又問起了報喜的事情，當蕭清明回答「就是這幾日」時，她不禁瞪了他一眼。「你怎麼不早說？要是人家來報喜了，咱們卻不在家，那多不好啊？」

「沒事。」蕭清明不甚在意地說道。

雖說紀婉兒認定蕭清明的成就不會僅止於此，但報喜畢竟是件大事，她琢磨了一下，決定今天過後就關門歇業五日，等報喜的來過了再開鋪子。

在報喜的人來之前，紀婉兒沒跟任何人提起蕭清明考中秀才的事情，包括雲霜和子安。雖然她很確定蕭清明考中了，可報喜的人還沒來，她怕中間出現什麼變故，所以就沒說。

等到下午，紀婉兒早早關了鋪子，一行人朝賣菜跟賣肉的店家走去，雖然這個時間菜市場大部分的鋪子都關了，不過有些還開著。買了一些食材之後，他們就回家去了。

如今鋪子裡的生意極好，紀婉兒沒那麼多時間做些特別的給蕭清明他們吃，想到這裡，她當晚就做了一道紅燒肉。

這道紅燒肉肥瘦相間、色澤誘人，香味也飄得老遠。子安早已不饞肉了，卻還是被這道菜給吸引住，他看著面前的紅燒肉，忍不住開始流口水。

等到紀婉兒和蕭清明開動，子安才將筷子伸向盤子，雲霜則選了一塊小一些的肉吃了起來。

對雲霜而言，過去能果腹就是最大的奢求了，哪敢提吃肉這種事，後來嫂子愈來愈有本事，他們不僅能吃飽，還能常常吃肉。

這才過去短短幾個月，雲霜不光能吃上肉，還有些挑了，比起容易讓人吃膩的肥肉，她更喜歡瘦肉。說得過分一些，肉對她來說不再那麼珍貴難求了，她反而更喜歡吃蔬菜。

雲霜本來不想吃紅燒肉，因為她覺得肉太多、太厚了，她是為了紀婉兒才吃的，然而當她將紅燒肉放入口中時，才發現跟想像中完全不一樣，竟然一點都不膩！

這道紅燒肉明明看起來肥肉那麼多，上頭還有一層肉皮，可滋味卻比一般的肥肉好了不知多少。紅燒肉的味道層次豐富，肉又香又糯，有種入口即化的感覺，不像是在吃肉，反倒像是在吃什麼鬆軟的吃食。

吃完一塊之後，雲霜看著紀婉兒，由衷地說道：「嫂子做的紅燒肉真好吃。」

「那妳多吃些，最近我看妳肉吃得少了。」紀婉兒道。

雲霜抿了抿唇道：「我不怎麼愛吃肉。」

紀婉兒第一次聽雲霜說自己不愛吃肉時，還以為她是故意說不喜歡，好留給子安的。可漸漸的，紀婉兒發覺雲霜是真的不怎麼愛吃肉，反倒更喜歡她煮的蔬菜，如今難得看到她對紅燒肉有好評，就希望她多吃些。

「吃吧，這東西不膩又營養。」紀婉兒勸道。

子安就不用說了，他向來喜歡吃肉，這會兒吃得很是歡快。

紀婉兒笑著看了他一眼，又望向坐在自己身側的人道：「夫君，如何，好吃嗎？」

蕭清明正吃得認真，聽見紀婉兒問話，連忙停下動作點頭道：「好吃。」

紀婉兒笑了，又為他挾了幾塊肉。她也就是問問罷了，因為只要是她做的菜，他從沒嫌棄過。

蕭清明瞧著娘子只為他挾肉，沒服務弟弟妹妹，內心突然有一股說不出的竊喜。

正如蕭清明所言，過了沒兩日，報喜的人來了，這下子附近所有人都知道蕭清明考中了。

老宅的人聽說這件事之後，說不後悔是騙人的。

在他們眼中，蕭清明就是個書呆子，除了有副好皮囊，沒什麼太大的用處。本以為他還算會讀書，卻是兩試落榜，誰能想到他說變就變，不僅人看起來精神多了，也長了些心眼，甚至考中了秀才。

若知道蕭清明真能考中，再養他一年就是了，如今分了家，他們即便想沾光，也比不得從前同住在一個屋簷下的時候了。

老宅的人在嘆息的同時，也沒忘了去蕭清明家露個臉。這會兒蕭清明家裡人多得很，不光是村裡的人，其他村那些八竿子打不著的親戚也來了。

紀婉兒鮮少跟村裡的人說話，更何況是外村人，可又不好一棍子攆他們出去，畢竟人家是來道喜的。

雖然紀婉兒不認識這些親戚，可老宅的人卻認得，他們一開始還有些沈默，後來便以主人的姿態招呼眾人，還使喚雲霜和子安去燒水待客。

「這麼沒眼力見兒啊，沒看到妳姑奶奶來了嗎？」周氏訓斥道。

雲霜和子安今日終於憑著兄長的成就而被高看一眼，高興都來不及了，便沒在意周氏的語氣。

紀婉兒被孫杏花拉到一旁去見客，沒注意到這邊發生什麼事，然而過了一會兒，老宅的人卻越發放肆了，開始想使喚紀婉兒。

「我說清明媳婦兒啊，這麼多客人在這裡呢，妳在那邊聊啥呢，還不趕緊過來待客。」莊氏擺出了長輩的架子。

這話一出口，紀婉兒便回頭看向莊氏，眸中有說不清的情緒。

雲霜過去被使喚慣了，加上心情好，原本倒不覺得有什麼，可這會兒見伯母也這般對待嫂子，她心裡就有些不舒服了。她放下手中剛燒好的水，轉頭去找蕭清明了。

待找到蕭清明，雲霜就說了剛剛的事情，見自家兄長似是沒什麼反應，她一咬牙，在這大喜的日子說起讓人不愉快的事情——就是蕭清明離家考試之後，老宅的人去鎮上鋪子鬧的事情。

只見蕭清明的神色瞬間變了，看向老宅那些人的眼神，像是布滿了冰碴子。

蕭清明中了秀才一事，對十里八村來說都是大事，來賀喜的人從早上到傍晚都沒停下，直到天色變暗，人潮才漸漸散去。

憋屈了多年，蕭大柱如今算是揚眉吐氣了，想到眾人看他的眼神還有那些巴結他的話，他內心很是愉悅。這會兒坐在椅子上回想今日的情況，蕭大柱忍不住笑出了聲。

正笑著，蕭大柱就瞧見了朝著自己走過來的孫子，他不禁招了招手。「清明，爺爺一直覺得你能考中，你總算沒辜負我的期待。」

蕭清明的伯伯蕭一郎也在一旁說道：「可不是嗎？還是爹有眼光，瞧出清明能考中，也不枉我們養了你這麼多年，省吃儉用供你讀書。」

他的叔叔蕭三郎也不落人後，緊跟著說道：「自從二哥跟二嫂去世後，叔叔就擔心得很，知道你愛讀書，就算家裡沒錢，砸鍋賣鐵也得供你讀，好在你有出息，讀出來了。」

蕭清明的祖母李氏面帶笑容地看了看兩個兒子，又望向孫子道：「這些年多虧了你爺爺跟你叔叔伯伯養著你，如今你中了秀才，可別忘了報恩。」

上回蕭清明是怎麼對待她的，李氏記得一清二楚，這會兒也不忘記提點這個孫子。莊氏和周氏也趕緊說了幾句，話裡話外都在提自己對蕭清明施了多少恩惠，現在他發達了，可得給他們一些甜頭。

看著這幾個人的嘴臉，紀婉兒覺得這一幕甚是荒唐。回憶從前，家裡窮得揭不開鍋時，也沒瞧老宅那邊的人過來關心一句。可當她做吃食生意賺了錢，他們就想來分一杯羹；蕭清明中了秀才，他們又像看見骨頭的狗一樣黏了上來。

蕭清明一家處在低谷時不見人影，發達時倒是知道還有這些個親人了。

紀婉兒內心忿忿不平，不過她卻不知道蕭清明是怎麼想的。

這是古代，血緣關係大於天。蕭清明的爹娘去世後，他們兄妹三人一直在老宅過日子，以外人的眼光看來，老宅的確是養了他們很多年，還供蕭清明讀書。雖然紀婉兒很不願意，但不得不承認，老宅的人恐怕能沾一些好處。

想到這裡，紀婉兒看向蕭清明，恰好他也看了過來。他的臉上沒什麼表情，只是淡淡看著她，紀婉兒有些摸不準他此刻在想什麼。

深深看了紀婉兒一眼後，蕭清明挪開目光，對坐在上首的蕭大柱說道：「若是有恩，自然要報。」

蕭大柱正沈浸在孫子中了秀才、被人吹捧的喜悅中，聽到這話，笑容僵在了臉上。他怎麼覺得孫子有些不對勁啊，似乎話中有話……

眾人瞧蕭大柱的臉色變了，漸漸回過味來，望著站在堂屋中間的蕭清明，只見他臉色陰沈、眸光銳利，讓人心生冷意。

不知道從什麼時候起，這個任人打罵的孩子變了副模樣。雖然容貌未改，也還是跟從前一樣不愛說話，卻是不一樣的人，不僅成熟穩重了，也多了些稜角，變得鋒利許多。

「你這是啥意思？」蕭三郎第一個沒忍住。

「家裡的糧食錢財都進狗肚子裡去了嗎？」周氏不禁罵道。
蕭三郎那話還好，周氏這就是直接點出了蕭清明的意思。她見識過蕭清明的改變，最近也跟紀婉兒打了幾次交道，早就知道這兩口子的態度了。
「老三媳婦，住口！」李氏板著臉訓斥。
周氏雖然還想再說些什麼，但在瞄了李氏一下之後，她沒敢再開口。
「清明，你剛才那是說的啥話？」李氏瞥了蕭大柱一眼，問道。
「若是沒有恩，就不需要報了。」蕭清明說完了後半句。此時無論是他的聲音還是眼神，都沒有半分溫度。
老宅眾人本就知曉蕭清明的變化，只是有些人沒親眼瞧見，始終抱持著懷疑的態度，這會兒總算見識到了，蕭大柱臉色也冷了下來。
蕭三郎怒斥。「你這是考中之後就不認我們這些親人了是吧？別忘了，這麼多年都是誰在養你，不知好歹的東西！」
周氏也跟著罵了起來。「我告訴你，你想都別想！當初你們兄妹三人吃喝拉撒都在老宅，是我們把你們養大的！」
莊氏本想說話的，但是見丈夫沒開口，她也就保持沈默。
堂屋裡吵吵嚷嚷的，多半是蕭三郎和周氏的怒罵，偶爾夾雜著李氏的聲音。

蕭清明不答腔，紀婉兒也沒說話。她倒不是吵不過他們，而是覺得這些人可笑至極。方才她還有些拿不準蕭清明此刻的想法，這會兒卻是相當肯定了。蕭清明會這麼說，怕是早就做了準備，她不用著急，等著好戲上場就行。

蕭一郎一直在觀察站在堂屋中間的蕭清明。他這個姪子真的不一樣了，過去雖然也是不怎麼說話，但跟現在這種狀態還是有根本上的差別。

有些話他本不想說，心想這種得罪人的事讓老三他們兩口子去幹就好，他要給姪子留下一個好印象。

可隨著時間推移，見蕭清明就是不張嘴，蕭一郎的心就有些沈了。他琢磨了一會兒，也開口了——

「清明，伯伯知道你如今考中秀才，跟從前不相同了。不過我們是你的長輩，不管你考中秀才，或是將來還能再往上爬，都得對我們恭恭敬敬的。」說到這裡，蕭一郎頓了頓，又道：「你的爺爺奶奶尚在，我朝注重孝道，這是到哪兒都越不過去的道理。」

聽到蕭一郎的話，紀婉兒側頭看了他一眼。

她記得蕭一郎也讀過幾年書，不管是說話的條理或藝術，跟沒讀過書的人比起來就是不一樣。這招可比三房那兩個光會罵粗話的要厲害得多了，這是在用「孝道」威脅蕭清明啊！

「大哥說得對，你要是敢不孝順你爺爺奶奶，我們就去縣衙找縣太爺說理去。」蕭三郎得意地說道。

大歷朝重孝，奉行孝道的精神深深刻在骨髓裡，所以即便潑辣如周氏，在李氏面前也是小心翼翼的。蕭三郎剛才沒想到這一點，這會兒被蕭一郎一提醒，立刻明白過來。

此時蕭大柱也開口了，斥道：「這麼多年的書，都讀到狗肚子裡去了！」

蕭清明的視線輕輕掃過蕭大柱，隨即垂下了眼眸。

看著老宅這些人的嘴臉，紀婉兒越發覺得蕭清明可憐。他這是攤上了什麼樣的親人啊！

天色漸漸暗了下來，屋內沒點油燈也沒點蠟燭，儘管蕭清明就站在自己身旁，紀婉兒卻看不清他臉上的神色。

儘管如此，紀婉兒卻能感覺到蕭清明很不開心。她低頭看去，就見他的手握成了拳，像是在努力隱忍著什麼。她不由自主地握住蕭清明捏成拳的手，像是要給他力量一般。

在被紀婉兒握住手的那一瞬間，蕭清明的拳頭漸漸鬆開了，他微微轉頭望向身側之人。

昏暗的天色中，紀婉兒衝著蕭清明笑了笑；寬大的衣袖下，兩隻手握在了一起——

蕭清明突然覺得自己內心的難過與痛楚都消失不見了，他開口道：「雲霜，去把我書房的油燈拿過來。」

雲霜正氣到哭了，聽到這話，趕緊擦了擦眼淚去了書房。

老宅的人不懂蕭清明的意思，全都靜下來盯著他瞧。

沒多久，雲霜就把油燈拿了過來，蕭清明將燈點上，放在蕭大柱旁邊的桌子上。

「你這是做什麼？」李氏開口問道。

蕭清明沒回答這個問題，而是從袖子裡拿出了一張紅色的紙，看那樣子，應該是有些年頭了。

「爺爺，這是我娘的嫁妝單子，我已成家，東西該交給我了吧？」

此話一出，整個屋內頓時陷入了令人窒息的寂靜。縱然燈火昏黃、光影晃動，還是能看到老宅的人臉色如同打翻調色盤一般複雜，說不清是什麼神情。

蕭大柱看著面前的嫁妝單子，手漸漸顫抖起來，他想伸手去碰，又覺得那張紙很是燙人，不得不縮回手。如此試探了幾次，蕭大柱都無法確定自己拿是不拿那張嫁妝單子，他忍不住抬頭看向站在自己面前的孫子。

瞧著蕭清明冷漠的表情，蕭大柱突然有些慌。他原以為自己的孫子只會讀書，什麼事情都不關心，小時候是這樣，長大後也是如此，可現在的這個孫子，卻跟他以前認識的那個不同了。

原來他什麼都明白、事事都清楚，只是假裝不懂、裝作不知情。

二兒子和二兒媳已經去世多年，他們走了多久，他的孫子就知道此事有多久，只不過這些年來他一直不動聲色，一句話都沒提。

他是不是就是在等著這一天來臨？這麼一想，蕭大柱忽然覺得這個孫子可怕得很。

蕭三郎可不這麼想，他先是有些慌張，隨即鎮定下來道：「誰知道你這是從哪裡拿來的破紙，想糊弄我們不成？」

「就是，你隨便找一張紙出來說是二嫂的嫁妝單子，那我是不是也能說那張紙是我的嫁妝單子？」周氏狡辯道。

第三十二章 風光回門

蕭大柱先是微微一怔，隨即回過味來。

是啊，這嫁妝單子是兒媳的私物，鮮少有人知曉，況且她已經去世多年，如今死無對證，誰也不能證明這東西是真的。他的心漸漸平靜下來，神色也不再慌亂。

蕭清明自然感受到了屋內氛圍的變化，可他的神情絲毫沒有動搖，又問了一遍。「爺爺，您什麼時候給我？」

見孫子依舊咄咄逼人，蕭大柱頓時怒氣攻心。虧他供著這個孫子讀書，誰知他竟是這副嘴臉，考中了秀才，就開始跟他算賬。

蕭大柱罵道：「你這是怎麼跟長輩說話的？看看你這是做的什麼事！剛考中秀才，就拿一張不知從哪裡來的單子跟長輩要東西，我看你這秀才還不如被取消算了！」

若說整個蕭家誰跟蕭清明最親，除了父母，就是祖父了。幼時祖父教他讀書、教他做人的道理，後來更送他去學堂念書。

他曾覺得祖父並不同意分家，那全是叔叔跟伯伯逼的。可分家以後祖父從未來探望他，也不關心他，而且方才祖父看到嫁妝單子那一瞬間的反應，讓他的心涼透了。

「這單子在縣衙公證過。」蕭清明冷冷地說。

蕭大柱本來還要繼續訓斥自己的孫子，聽到這句話，想說的話瞬間卡在喉嚨裡。老宅等人也慌了，蕭三郎甚至不小心打碎了手邊的茶碗。

聽到茶碗落地的聲音，蕭三郎立刻回過神來。「你別糊弄我們了！你們兄妹三人吃喝我們那麼多年，這會兒要反過來咬我們一口不成?!」

「叔叔明日可以去縣衙問問我說的話是不是真的。」蕭清明冷聲道。

此話一出，屋內的溫度比剛剛又低了幾分，不知過了多久，蕭大柱用顫抖的聲音問道：「你到底想幹什麼？」

「既然已經分家，彼此就不必再往來了。」蕭清明木著臉說道。

「說到底，你就是怕我們占你便宜！小心我們去衙門告你忤逆不孝！」周氏口無遮攔地喊道。

「住口！」蕭大柱怒斥。這兒媳真是蠢得不得了，完全看不清形勢。

「好啊，我正好拿著嫁妝單子讓縣太爺斷斷案。」蕭清明回道。

「姪子你別生氣，你嬸娘在跟你開玩笑呢，別放在心上。」蕭三郎連忙扯了周氏一把，瞪了她一眼。

「我娘的嫁妝少說值百兩，就當作是我爹娘孝順祖父的了。若是不再往來，我自不會跟您討；若還要上門，那便衙門見吧。」

蕭大柱跟蕭清明的外祖父王克勤年輕時曾是朋友。當年王克勤在外經商，攢了些銀錢，蕭大柱見他發達了，便提起年少時訂過的娃娃親。

其實王克勤當時已經看清了蕭大柱的為人，並不想將獨生女嫁進這種人家，無奈女兒一見蕭二郎就芳心暗許，縱然再不願意，他還是把女兒嫁了過來。

誰知女兒成親沒多久，王克勤就在一次跑商途中被匪徒砍死了，由於妻子早已過世，因此全部的家當都留給了女兒，也就是蕭清明的母親。王氏本不欲露財，想著省吃儉用，將錢留給三個孩子，可隨著她與丈夫意外去世，這些財產便落入老宅的人手中，留給蕭清明的只有兩樣銀飾。

那些錢早就被蕭大柱用來買地置產花掉了，又能去哪裡弄這麼多錢回來還給蕭清明？若要賣地才能還，他們當然捨不得。

老宅的人在這邊風光了一整天，最後灰溜溜地離開了。

臨走之前，蕭大柱回頭看向自己的孫子，恨道：「我當真是養了一個好孫子！」

蕭清明身子一顫，卻是什麼話都沒說。

只見紀婉兒笑著說：「爺爺這話說得不對，公公賺了錢上繳公庫，婆婆也留下大筆錢財，你們這些人全靠著這些財產生活，所以我家夫君是由公公和婆婆養大的。」

「妳！」蕭大柱怒瞪紀婉兒。

蕭清明側身往前邁了一步，擋住蕭大柱的視線，輕聲道：「爺爺慢走，天黑了，小心路滑。」

深深地看了自己的孫子一眼，蕭大柱喪氣地走了。

不得不說，有些事情真的是注定的，即便蕭清明未如書中那般經歷數次變故，可他依舊作了差不多的決定。

江山易改，本性難移。只能說蕭清明本就是這樣的人，只不過原主和弟弟的事激化了他的性格，導致他進一步黑化。

瞧著老宅人的背影消失在眼前，紀婉兒看向蕭清明，如剛剛一般握住了他的手。「夫君，進屋去吧。」

蕭清明轉頭望著紀婉兒，回握住她的手一道進屋去了。

對蕭清明而言，這些事他原本不想說出來，也不想做得這麼絕的，可無論如何，他都不希望她再因此受到委屈了……

進了堂屋，瞧著雲霜和子安的目光，紀婉兒想抽回自己的手，蕭清明卻微微用力阻止了她。

紀婉兒瞥向蕭清明，雖然他沒看她，不過她發現蕭清明的耳朵紅了起來。

「我去給大家煮碗麵吧。」紀婉兒說道。今日鬧騰了一天，他們還沒能吃上一頓像樣的飯菜。

「好啊！」雲霜和子安兩個高興地應道。如今老宅的人不會再來打擾他們的生活，他們也不用再看那些人的眼色了。

紀婉兒都這麼說了，可蕭清明依舊沒有鬆開她的手，兩個人就這樣手牽手去了廚屋。

見蕭清明呆呆地站著，紀婉兒笑道：「要不今日你來擀麵？」

蕭清明沒出聲，似是在思考，紀婉兒便道：「跟你開玩笑呢，哪能真的——」

誰知蕭清明卻突然說道：「好。」

聽到這一聲回答，紀婉兒挑了挑眉，問道：「你來？」

蕭清明鄭重地點了點頭。瞧他這認真的模樣，想到方才他跟老宅的人對峙時的神色，紀婉兒想轉移他的注意力，便道：「好啊，我教你。」

就這樣，蕭清明做起了手打麵。雖說他是第一次做，但他很快就學會了，做起來有模有樣的。

當麵條入口時，紀婉兒發現他做的麵比她做的更有嚼勁，果然揉麵的時候還是力氣大一些才好。

當紀婉兒稱讚蕭清明的時候，雲霜和子安卻貼心地說她做的更好吃，蕭清明也是。雖然知道他們多半是說些違心之論，可她卻聽得很開心。

飯後，蕭清明又主動去洗碗，讓紀婉兒深感自己訓練的成效相當不錯。

晚上躺在床上時，紀婉兒想起了剛剛的事情。

老宅的人對她而言比較陌生，可他們卻是蕭清明的血親，被這樣對待，他一定很難受吧……

為了緩解蕭清明的情緒，紀婉兒說起了鋪子裡的事情，直到睏到不行，她才漸漸睡去。

月光灑在房內，瞧著躺在床上的人，蕭清明內心一片柔軟。

過去他一直百思不解，為何老宅的人要這麼待他，連祖父也不例外，可如今他卻覺得這些沒那麼重要了。

因為他有了自己的家跟親人，有了更在乎的人和事……

第二天一早紀婉兒起來時，蕭清明已經去讀書了，不得不說他真的是個很努力的人，這才休息了沒多久，又開始用功了。

既然說好歇業五日，紀婉兒就沒打算去鋪子裡。這附近的人都已知曉蕭清明考中秀才，她想娘家那邊應該也有風聲了，不過還是得親自報一聲喜才是，所以她打算回去一趟。

飯桌上，紀婉兒問道：「夫君，你今日有空嗎？」

蕭清明放下手中的碗筷說道：「有，娘子有何事？」

「不如……你隨我回趟娘家吧？」紀婉兒道。不管是原主或是她，蕭清明都沒跟妻子一起去過紀家，也不知道他會不會排斥這件事。

蕭清明略顯緊張，抿了抿唇道：「好。」

飯後，紀婉兒挑了二十顆雞蛋，挎著籃子準備出門。蕭清明特地去換了一身衣裳，還悄悄瞥了紀婉兒手中的籃子一眼。

走在村子裡時，紀婉兒察覺大夥兒對他們的態度真是不可同日而語，每個人都親熱得不得了，讓她很不適應，忍不住加快步伐，等到出了村子，她才鬆了口氣。

路上兩個人有說有笑，一會兒就到了紀家村。紀婉兒正想朝娘家走去，蕭清明卻突然在村頭的鋪子口停下，轉身進去買了五斤豬肉。

紀婉兒沒料到蕭清明能顧慮到這件事，既驚訝又有些驚喜——他真的是愈來愈理解人情世故了。

買完肉之後，他們這才朝著紀婉兒的娘家走去。

才剛走到紀家，紀婉兒就跟穿戴整齊的娘家人碰了個正著。

「爹、娘，你們這是要出門？」紀婉兒疑惑地問道，心想今日來得真是不湊巧。

董嬤嬤垂眸瞥向女兒和女婿手中的東西，便知道他們是專程來探訪的了。

她看了蕭清明一眼，笑著說：「咱們可真是想到一處去了。娘想著女婿出門在外多日，怕妳一個人帶著兩個孩子太辛苦，就想去看看妳，沒想到你們倒是自己來了。」

事實上，董嬤嬤昨天就聽人說自家女婿考中了秀才，所以今天想去女兒家查看是否屬實，但當著女婿的面，這話可不好明說。

「都別杵在這裡了，快進去吧。」董嬤嬤笑著招呼女兒與女婿。聽說昨日才有人報喜，可女婿今日就上門了，看樣子這個女婿也不如她之前想的那般糟糕。

在面對董嬤嬤時，蕭清明看起來更手足無措了，還有些侷促不安，像是做了什麼虧心事一般。

「女婿，喝茶。」董嬤嬤遞給他一杯茶。

蕭清明連忙站起身，雙手接過茶杯道：「多謝岳母，小婿自己來就好。」

董嬤嬤笑著說：「客氣什麼，坐下說。」

「欸。」蕭清明坐下了，不過整個人看起來仍舊很是緊繃。

紀婉兒先是瞧了瞧蕭清明，又看了看董嬤嬤，心想原來不止她一個害怕董嬤嬤啊。董嬤嬤臉上雖然常常帶著笑，但那雙眼睛就像是能看透人心一般。

她不想讓蕭清明再緊張下去，連忙說明了來意。

「爹、娘，清明考中秀才了。」

此話一出，紀家人全都露出了驚喜的神情，蕭清明也側頭看向了紀婉兒——這還是娘子第一次喚他的名字，真好聽。

「中了就好……中了就好！」董嬤嬤略顯激動地說道，忍不住拿出帕子抹了抹眼淚。雖然她早就得到消息，也猜到了女兒跟女婿的來意，可真正確認消息以後，她還是有些控制不住情緒。

這一刻，她實在等得太久了。當年從京城被趕出來，她就立志有一日要光明正大、體體面面地回去。

考上秀才，就有機會考中舉人，再考上進士，然後進京、被授予官職……她這大半輩子都在執著這件事。快了，就快了，她終於看到了一線希望。

「娘，您莫哭了，這是喜事。」紀婉兒拍了拍董嬤嬤的背。

「嗯……當然是好事，娘這是喜極而泣。」董嬤嬤緩了緩呼吸說道。

另一邊，紀懷京貼到了蕭清明身側，一臉崇拜地看著他說：「姊夫，你好厲害啊。」

「咳，你好好讀書，也會中的。」蕭清明不習慣離人這麼近，有些尷尬地說道。

紀懷京重重點頭道：「嗯！」

至於紀大忠，人如其名，老實忠厚，瞧著面前的情形，始終一副樂呵呵的模樣。

董嬤嬤跟女兒聊了幾句之後，想到一件事，看向丈夫道：「孩子他爹，你去村頭的鋪子裡買些瓜子跟花生分給鄰居。這是喜事，咱們能慶賀慶賀。」

「欸。」紀大忠立刻起身出門去了。

等紀大忠回來，董嬤嬤就跟他一起去送點心，這麼一來，大家就都知道他們家女婿考上秀才了，一個個全來家裡道喜，董嬤嬤不禁露出了驕傲的神情。

認識董嬤嬤這麼久了，紀婉兒還是第一次見她這般愉悅。也是，憶起書中對她的描述，再想到紀懷京的名字，便知她心心念念何事了。

瞧著日頭差不多到午時，紀婉兒和董嬤嬤去做飯了。董嬤嬤本來想自己動手，但被紀婉兒拒絕了。

「娘，您嘗嘗女兒的手藝吧。」

「好。」

今日村裡的人送來不少蔬菜，再加上紀大忠買的雞肉跟魚肉，家裡的食材很豐盛。

紀婉兒打算做馬鈴薯燒雞肉、紅燒魚，再炒兩樣菜就行了。可董嬤嬤不願意，覺得菜太少了，要她把他們剛剛帶過來的豬肉也用上，所以她還做了四喜丸子跟紅燒肉。在董嬤嬤的要求下，紀婉兒又炒了兩道菜，四葷四素，一共八道菜。

董嬤嬤在一旁瞧著，越發欣慰，心想女兒真的是長大了，飯菜做得有模有樣的，光聞便覺得味道不錯。

紀婉兒卻嫌不夠完美，因為娘家的調料不多，沒辦法讓她盡情發揮。

沒多久，飯菜上桌了。紀婉兒做料理講究色香味俱全，光是看跟聞，就令人食指大動。

「女婿，別客氣，吃吧。」董嬤嬤招呼道。

「嗯。」蕭清明立刻站起來應了一聲。

「咱們都是一家人，不用這麼拘謹。」她笑道。

「好。」蕭清明又坐了回去。

紀懷京只在鋪子裡吃過姊姊做的吃食，還沒吃過她炒的菜，現在吃了一口魚肉，頓時眼前一亮。「魚肉好嫩好滑，真好吃。」他驚喜地看著紀婉兒說。

紀大忠一直一聲不吭地埋頭吃飯，聽到兒子說的話，他道了句。「四喜丸子也好吃。」說完，又補充了一句。「比你娘做得好吃。」

聽到這話，董嬤嬤瞥了丈夫一眼，佯怒道：「你這意思是說我做得不好吃？那我以後不做了，你自己做吧。」

紀大忠意識到自己吃得太開心，有些口無遮攔了，連忙乾笑了兩聲，說道：「都好吃都好吃。」

董嬤嬤吃了兩口四喜丸子，說道：「妳爹沒說錯，確實比娘做得好吃。妳這裡面放了蓮藕，吃起來脆生生的，沒那麼膩。」

一旁的紀大忠雖然沒再開口，卻是不住點頭，覺得自家娘子說得太有道理了。

紀婉兒面帶微笑地看著爹娘，各為他們挾了一顆四喜丸子，說道：「那爹娘多吃些，你們以後若是想吃，女兒再做。」

這一頓飯吃得其樂融融，飯後紀大忠就去廚屋刷鍋洗碗，紀婉兒和蕭清明想幫忙，被董嬤嬤拒絕了。

當年，董嬤嬤是在後院做事的丫鬟，模樣生得好，又得主子賞識，傳聞會被少爺收入房中。

紀大忠是個窮小子，被家人賣了為奴，人也不機靈，就是個跑腿的。可一次董嬤嬤到了前院書房，卻是一眼就看中了老實敦厚的紀大忠。

在別人眼中，紀大忠就是癩蝦蟆吃到了天鵝肉，令人羨慕得不得了，可也有人在背後嘲笑董嬤嬤傻，放著好好的姨娘不當，非得嫁給這樣一個人。

事實證明，嫁給紀大忠並不是一個糟糕的選擇。當年董嬤嬤受女主角連累被趕出府，紀大忠並未埋怨，而是心甘情願帶著她一起出府，在鄉下生活的這些年裡也都聽她的，凡事以她為優先。

董嬤嬤瞥了兒子一下，又看了看女婿，說道：「懷京，你不是最崇拜你姊夫了嗎？跟你姊夫聊聊吧，娘跟你姊說會兒話。」

「好。」

第三十三章　靈機一動

一進房間，董嬤嬤就握住女兒的手道：「妳總算熬出頭了，娘也算是放下心來。雖說娘相信自己看人的眼光，但妳出嫁以後，瞧妳過得不如意，娘心裡也難受得很，一次又一次地責怪自己。如今女婿考中了秀才，娘可說是沒看走眼，也不用擔心對不起妳，或替妳的後半輩子苦惱了。」

董嬤嬤這番話語氣誠摯，倒是讓紀婉兒有點感動了。

事實上，她一直覺得，董嬤嬤雖然有私心，但對自己的女兒卻好得沒話說。她若真的是那種功利心極強、不擇手段的人，大可想辦法將女兒嫁給更有背景的人，憑著紀婉兒的姿色，當個受寵的小妾應該不難，他們一家人也能順利回京。

可是董嬤嬤沒有，她為了女兒的將來著想，找了個人老實、長相不錯的讀書人，期盼她能以正妻的身分抬頭挺胸過日子。

「娘，您這是說的什麼話，女兒從來沒怪過您。」

「好好好，娘不說了。」

這個話題帶過以後，董嬤嬤又說出了一件梗在她心頭的事。「妳跟女婿圓房了嗎？」

圓房……從剛才董嬤嬤說要跟她獨處說話，紀婉兒就猜到了。雖說她跟蕭清明的關係比從前好多了，可也沒達到能圓房的程度。

瞧著女兒羞赧的模樣，董嬤嬤便知曉這事還沒成，內心失望不已。

「難不成女婿還在地上睡？」董嬤嬤問道。如今女婿中了秀才，身分跟從前不一樣了，怎麼還能在地上睡呢？「要不妳讓女婿去床上睡吧。」

紀婉兒一時無語。這種話她怎麼好說出口，說出來不就像是變相邀請他「上床」了嗎？見女兒滿臉的不贊同，董嬤嬤便歇了這種心思。她回想了一下今日女婿的表現，只見他那雙眼睛時不時就往女兒那邊瞧，吃飯的時候也曉得為女兒挾菜，飯後還想要去刷鍋洗碗，倒是跟原來有很大的不同。

「女婿現在還是只知道讀書，什麼都不管嗎？」董嬤嬤突然轉了個話題。

紀婉兒搖了搖頭，告訴董嬤嬤最近蕭清明的各種表現，包括刷鍋洗碗這種小事，說著說著，她怕董嬤嬤又提起圓房這檔事，連忙提起昨日老宅的人上門鬧騰、之前李氏幾人來家裡興師問罪，還有莊氏、周氏兩人去鋪子裡找碴的種種。

這可是嚇到董嬤嬤了，她沒想到女婿家竟有這等糟心事，可她更沒料到女婿竟然會這般維護女兒，甚至果決地切斷了和老宅的關係。

不過董嬤嬤非常認可蕭清明的做法。親家的嫁妝怕是早就被老宅的人挪用了，就算要討回來，估摸著也討不到多少。何況女婿如今是秀才，將來大有前途，鬧大了對他不好。

若是用這些銀錢能交換蕭家老宅的人不上門來打秋風，倒不失為一樁划算的買賣。往後女婿就跟老宅那邊沒牽扯了，只會跟女兒更親。

瞧著董嬤嬤對此事感興趣的模樣，紀婉兒以為她已經忘了圓房的事，沒想到在聊了老宅的事快兩刻鐘之後，董嬤嬤卻突然來了一句。「天熱了，在地上鋪個草蓆挺涼快的，不如妳也去地上睡吧。」

紀婉兒強忍住翻白眼的衝動，可董嬤嬤卻還不罷休，繼續說了下去。

「兩個人當中總要有人主動，你們成親這麼久了，到現在還沒圓房，說出去也是讓人笑話。男人都一樣，只要妳主動一點，他就上鉤了。」

真是愈說愈遠了。此刻紀婉兒滿臉通紅，完全說不出話。

「娘看女婿如今對妳很熱情，你們倆年歲都不小，該要個孩子了。」

剛剛還在說圓房，現在都想到孩子了。「再……再說吧，這事不急。」紀婉兒尷尬地說道。

董嬤嬤點了點女兒的頭道：「還不急呢？也虧得妳沒有婆婆，不然早不知被催多少回了！」

娘兒倆又說了一會兒話才出去，回到堂屋的時候，紀婉兒的臉還是紅的，蕭清明略感詫異，側頭看了她好幾次。

幾個人又聊了一下，紀婉兒和蕭清明就準備離開了。臨去之前，董嬤嬤拿了不少點心跟糖果給他們。

見女兒與女婿拒絕，董嬤嬤說道：「這不是給你們倆的，是給兩個孩子的。說起來也是婉兒不懂事，沒把他們帶過來，下回要是再來，記得帶上孩子。」

「知道了，娘。」

回去的路上，紀婉兒還在思索董嬤嬤跟她說過的話。

此刻四下無人，只有他們兩個，蕭清明便問道：「娘子，是岳母跟妳說了什麼嗎？妳若是覺得不好解決，可以跟我講。」

聽到這話，紀婉兒的臉瞬間紅了起來，沒好氣地瞪了他一眼。

往常兩人相處時都只有蕭清明害羞的分兒，今日角色倒是顛倒了，不好意思的人變成了紀婉兒。

「妳的臉怎麼紅了？」蕭清明問道。

紀婉兒拍了拍自己的雙頰，眼神閃躲。「沒什麼，快回去吧，日頭這麼大，給曬的。」說完快步朝前方走去。

蕭清明瞧了瞧日頭，又看了看自家娘子，琢磨過後脫下了自己的外衣。

紀婉兒正走著，頭上卻突然多了一道陰影。她抬頭看去，卻見蕭清明正用手頂著外衣。見他貼心的模樣，她的嘴角露出了一抹微笑。

見紀婉兒笑了，蕭清明也鬆了口氣，接下來兩人又有說有笑的了。

晚上睡覺時，紀婉兒見蕭清明往地上鋪草蓆，有那麼一瞬間想阻止他，可話在嘴邊掛了許久，還是沒能說出口。

這幾日的時光實在太得蕭清明歡心了，娘子天天待在身側，他頓頓都能吃到她做的美味佳餚，然而，這樣的日子怕是不能長久了。

「娘子，妳睡了嗎？」蕭清明問道。

「沒有。」今日董嬤嬤說的那番話對紀婉兒衝擊太大，她一時睡不著。

「我過幾日可能要去縣城讀書了。」

「啊？去縣城讀書？為……」紀婉兒剛想問為什麼，就停下了嘴。

她原本覺得蕭清明會一直在家裡讀書，可她錯了。考秀才需要的知識，蕭清明已掌握得很好，所以能在家自學。可明年要參加秋闈考舉人，難度只會更高，靠他自己怕是讀不來。

「喔。」紀婉兒的聲音有些沈悶。

蕭清明這次才離開沒多久，她就有些不習慣了，若是他常常不在家，她肯定更難受。

聽到紀婉兒這再簡短不過的回應，蕭清明心頭也異常不平靜。若他去了縣城，就不能經常陪著娘子了，這次去考試，離家的時間沒那麼久，他便想念得緊，若是幾個月不見，如何承受得住。

過了許久，紀婉兒問道：「何時去？」

「五日後。」

「多久能回來？」

蕭清明沈默了片刻，回道：「三個月。」

「這麼久？」紀婉兒脫口而出。

「或許……兩個月。」蕭清明說道。

兩個月也挺久的。紀婉兒頓了頓，說道：「嗯，我幫你多帶幾件衣裳，再準備些吃食給你。」

「好。」

原本兩人之間的氛圍極好，可談起這件事情之後，雙方的情緒又變得壓抑了。

由於昨晚沒能睡好，隔天紀婉兒起得就遲了些，早上做飯時也有些魂不守舍。

雲霜還挺高興的，兄長努力多年終於考上秀才，他們家不再處處低人一頭，終於可以被人正眼看待了。她忍不住跟嫂子分享內心的喜悅，誰知聊了幾句之後，才察覺嫂子似乎並不怎麼高興。

「嫂子，妳有什麼煩心事嗎？」雲霜有些意外地問道。哥哥考上秀才，嫂子不應該是這種反應啊？

紀婉兒看了雲霜一眼，說道：「也沒什麼，妳兄長過幾日就要去縣城讀書了。」

雲霜點了點頭。她覺得這件事情挺正常的，也很習慣哥哥不在家的日子，畢竟從前他一直在外讀書，只是這兩年才不去。不過，一看到嫂子臉上的表情，她突然有些明白是怎麼回事了。

嫂子這是捨不得哥哥離開？也是，如今嫂子跟哥哥的感情這麼好，自然放不下，她也不知該怎麼勸慰嫂子……

過了一會兒，雲霜見嫂子臉色還是不太好看，便開始轉移話題。「嫂子，咱們明日去鋪子嗎？」

紀婉兒回道：「當然要去。」雖然蕭清明要去縣城了，但生意還是要做……想到這裡，她的動作一頓，腦海中忽然冒出了一個念頭。

雲霜發現，不光嫂子心情不好，哥哥的情緒似乎也有些低落，吃飯時，他一直盯著嫂子發呆，眼神看起來很是不捨。她連忙催促弟弟趕緊吃飯，吃完兩個人就離開堂屋，把空間留給兄嫂。

「我剛剛聽雲霜說明日妳要去鋪子裡？」蕭清明問道。

「對。」紀婉兒點頭道。

「這幾日我跟妳一起去吧。」蕭清明說道。他想在離家之前多陪陪她。

「好啊。」紀婉兒欣然接受了。

吃過飯，蕭清明就去書房用功，紀婉兒則回了廂房，將這幾個月賺的錢拿出來數了數。開鋪子以來，她賺了有三、四十兩銀子，不過賺得多，花得也多，最大的一項開銷是蕭清明去考試花費了二兩，再去掉一些吃穿用度花的錢，還剩下三十兩左右。至於那兩樣銀飾，完全不需要動用。

在蕭家村，有這些錢算得上是家底豐厚了，要在鎮上租個好地段的鋪子，一個月約四、五百文錢；至於縣城，往高了說，一個月最多也就是二、三兩吧，這些錢足夠了。

沒錯，剛剛雲霜提起明日要不要去鎮上做生意的時候，紀婉兒就產生了一個念頭——去縣城開鋪子！

他們跟老宅那邊的人結下了梁子，若是蕭清明離開，就她跟兩個孩子在家，可不怎麼安全。況且，如今蕭清明已經是秀才，雖說他們跟老宅已劃清界線，可距離這麼近，多少會讓他們沾光，倒不如離得遠一些。

蕭清明來年就能參加秋闈，按照書中的劇情，他能中舉；即便不能考中，那也沒關係，她陪著他再多讀幾年就是了。反正她在蕭家村無依無靠的，在這裡待著也沒什麼意思，而且憑她的手藝，若在縣城開鋪子，肯定能賺更多。

紀婉兒愈想愈覺得這是個雙贏的局面，對蕭清明跟她自己都有利，更別說要是蕭清明來年就能中舉，那他們很快就要去京城了，得多攢點錢才是。

數完錢，紀婉兒細細規劃了一番，接著便決定去找董嬤嬤。之前要去鎮上開鋪子時，她就問過董嬤嬤的意見，這回她也想問問她這麼做是否可行。不過，在找董嬤嬤之前，她得先去書房找蕭清明。

此時蕭清明的內心也頗不平靜，看了許久，書都沒翻幾頁。

「夫君，你說我把鋪子開在縣城如何？」

聽到這句話，蕭清明先是一怔，接著眸中就迸發出光彩。「極好。」

紀婉兒看蕭清明的反應就明白他的想法了，但她還是故意問：「哦？那夫君說說，好在哪兒啊？」

蕭清明抿了抿唇，嘴角微帶笑意道：「哪兒都好。」

見紀婉兒挑了挑眉，蕭清明輕咳一聲道：「咳，只要跟娘子能在一處，哪兒都好。」

瞧蕭清明臉色微紅，紀婉兒的嘴角露出燦爛的笑容——他可真是愈來愈會說話了。

見蕭清明被自己凝視到有些手足無措，紀婉兒忍不住湊過去親了他一下。看蕭清明一臉震驚，她柔聲道：「好，那咱們就去縣城開鋪子！夫君好好讀書吧，我回家一趟，問問娘的意思。」

「我陪妳。」

「不用了，我自己去就行，你在家讀書。」

「我陪妳。」蕭清明又重複了一遍。

「好吧，那咱們一起。」

紀婉兒原本決定什麼也不帶，直接回去，但既然蕭清明要跟，就不能這麼隨便了，得帶些東西才好。再看看正在院子裡玩耍的雲霜和子安，她想到昨日董嬤嬤說過的話，便把兩個孩子叫上了。

若是去縣城，只怕他們這輩子不會回這裡長住了，於是紀婉兒直接從雞圈裡抓了兩隻母雞帶著。

瞧見雲霜眼底的不捨，紀婉兒說道：「以後嫂子給妳補上。」事情還沒成定局，她便沒跟雲霜解釋太多。

今日紀家依舊熱鬧，不少親戚跟鄰居都來道喜了，倒是比他們家還像是中秀才的樣子。

他們見蕭清明這個正主來了，全都不住向他恭喜；見紀婉兒帶了兩隻母雞，大家又轉頭稱讚董嬤嬤為女兒挑了個好人家，令董嬤嬤很是愉悅。

知道主家來客，他們也沒多待，很快便回去了。

等眾人都離開了，董嬤嬤才問道：「你們今日怎麼又過來了？」按照她的看法，短時間來了兩次，肯定有什麼事。

「我跟夫君商量了一下，想著以後去縣城開鋪子，不知娘覺得如何？」

對於女兒這句話，董嬤嬤的表情沒有絲毫波動，像是早就知道了一般；反倒是雲霜和子安眼睛全都瞪大了，視線在幾個大人的臉上來回梭巡。

「娘早就猜到妳要去縣城了。」董嬤嬤道。

「啊？娘如何知曉的？」紀婉兒疑惑地問。她也是昨晚才知道蕭清明要去縣城讀書，今日才想到要隨他去的。

董嬤嬤笑著說：「女婿中了秀才，定要去縣城讀書，你們小夫妻恩愛，自然要在一處，再者雲霜和子安也會想念兄長，不如一家人待在一起，團團圓圓的才好。」

其實，若是女兒今日不來，董嬤嬤也會在這兩天去找她的。她昨日開心過後，便思考到了後面的事情。

女婿中了秀才，肯定要去縣城讀書，女兒跟女婿之間的感情好不容易有些進展，可不能因為讀書這件事而疏遠了。況且，外頭的誘惑那麼多，年輕的夫妻數個月不見，誰也不知道會發生什麼事情。

再看向坐在一旁吃著瓜果的雲霜與子安，董嬤嬤覺得女兒一個人照顧兩個孩子太辛苦了，家裡沒個男人不行，老宅那邊也是個問題。

蕭清明哪知自己的岳母想那麼多，他只聽到了「恩愛」兩個字，想到方才娘子在書房親了他的臉頰，這會兒他感覺臉龐又有些發熱了。

紀婉兒也被說得害羞了，但她比蕭清明強一些，還能回話。「那娘覺得是否可行？」

「可行是可行，只不過妳那鋪子裡的吃食不能再像鎮上賣的那麼簡單了。咱們鎮上沒有賣豆腐腦的，縣城卻有，還不止一家。不過妳手藝好，倒也不用擔心沒有生意。」董嬤嬤道。

紀婉兒點了點頭。其實她已經有了想法，此刻便道：「我想過了，不再只賣早點，而是做餐館的生意。」

來這裡這幾個月，紀婉兒越發喜歡做料理了，瞧大家吃得開心的模樣，她覺得很是滿足。那些早點是能賣到晚上沒錯，可餐點內容千篇一律，對她而言已經沒什麼新鮮感了。

第三十四章　得力助手

董嬤嬤沒想到女兒的胃口這麼大，她本以為女兒去縣城是要開早點鋪子的，頂多多賣幾種吃食罷了，沒想到她直接要開餐館。

她沒立即回答，而是靜靜思考，頓了片刻後才回道：「倒也不失為一個好法子。妳在做吃的方面有天賦，開個餐館也能賺不少錢，比只做早點來得有前景。」

見董嬤嬤覺得可行，紀婉兒就更放心了。她倒不是對自己沒有信心，只是對這裡的一切不夠了解，不知自己的構想會不會與這個時代不符。既然得到董嬤嬤的贊同，就能確定自己的想法沒什麼問題。

過了一會兒，董嬤嬤把女兒叫進房裡說道：「其實，咱們家在縣城有個鋪子。」

紀婉兒聽到這句話，驚訝極了。

「當年剛從京城回來時，娘就在縣城買了個鋪子。之所以沒在縣城生活，是因為咱們沒什麼根基，娘也怕了那些個大人物的手段，他們隨便一句話，就能決定一家人的命運，若沒有足夠的本事，錢財太多反倒惹眼，未必保得住。再者，縣城的吃食也貴一些，我跟妳爹就決定回鄉買兩畝地，過普通的日子。」

紀婉兒深以為然。她原以為是娘家還有些家底，所以過得比旁人好一些，沒想到她娘這麼有眼光，買了個鋪子再租出去，這樣收入就源源不斷了。

「妳想去縣城做生意，那娘就把鋪子收回來給妳用。雖然那地段不夠好，至少妳不用再去另外租鋪子了。」

紀婉兒想都沒想就拒絕了董嬤嬤。「娘，不用了。」她已經出嫁了，不能再這樣動用娘家的資源，要不以後就都說不清了。「這幾個月我賺了不少錢，清明也給我了，我手頭上有幾十兩銀子，夠用的。」

見女兒說得果斷，董嬤嬤便沒再堅持，她迅速算了算，說道：「女婿要參加明年的秋闈，即便明年不中，兩年後那次估摸著也能。在縣城租鋪子，若租金用一個月二兩來算，一年二十四兩，再算上日常開銷跟女婿讀書的花費等等，一年頂多花個四、五十兩銀子。

「一間餐館一個月應該至少能賺得七、八兩，即便失敗了，妳也能跟現在一樣賣豆腐腦，總歸是賺得了錢的。再加上女婿是秀才，有其他收入，足夠在縣城養活自己了，還能有些結餘。」

董嬤嬤愈說，臉上的神情愈放鬆，紀婉兒也是如此。

由於紀婉兒帶來的兩隻母雞還不夠大，董嬤嬤打算養一些時日再說，便將牠們放到了雞圈裡。雖然今日不吃女兒送來的雞，但董嬤嬤還是讓紀大忠去買了一隻雞。紀婉兒用這隻雞做了宮保雞丁、辣子雞、馬鈴薯燒雞肉與雞肉燉粉皮，吃得很是豐盛。

回到蕭家村，家中的氛圍變得特別不一樣，能去縣城生活，每個人臉上都洋溢著喜悅。

隔天一早，全家人一起去了趟鎮上。雖說要去縣城了，但鎮上的鋪子租期還沒到，紀婉兒打算等月底差不多到期了再走。

過了幾日，蕭清明啟程前往縣城讀書了，因為知曉大家很快就能團聚，所以分別時並不特別難受。

蕭清明一離開，紀婉兒也不待在家了，而是帶著兩個孩子住進鎮上鋪子的後院。她提前把要去縣城的事情告知了曾嬸子與邱嫂子，她們家離縣城都不近，肯定不可能跟過去，她希望她們早些打算。

又過了幾日，紀婉兒與董嬤嬤、紀大忠去縣城看鋪子，雖說不用紀家的鋪子開餐館，但他們還是先去瞧了瞧，那鋪子是賣布疋的，地段倒也不算差。

縣城比鎮上大多了，他們來回六、七趟，才終於決定要租哪間鋪子。鋪子的位置不錯，而且離蕭清明讀書的地方近，方便他來用餐，鋪子後面也有個小院子，這樣他們一家就不用在外頭租屋了。

這個鋪子就如董嬤嬤預想的，一個月的租金二兩，一次付清一年的租金，共二十四兩銀子。這麼多銀子一出去，家底都快空了。
確定好鋪子以後，紀婉兒就開始慢慢往這邊搬東西。董嬤嬤和紀大忠哪裡捨得讓女兒這麼辛苦，他們兩人幫著出了不少力，尤其是紀大忠，幾乎天天往女兒這裡跑。
從村裡離開的那一日，除了孫杏花家，紀婉兒誰都沒說。
「唉，咱們住一處這麼久了，你們這一走，我還怪捨不得的。」孫杏花道。
「嫂子別難過，以後有機會還會再見面的。」紀婉兒安慰她。
事實上，往後大家會不會再見面，紀婉兒也說不準。這不是現代，出行麻煩得很，有些人見一面，可能就是這輩子最後一次了。
滿兒在一旁跟雲霜告別，兩個小姑娘傷心得很，哭得跟淚人兒似的。
坐上去縣城的馬車，紀婉兒回頭看了她生活超過半年的地方一眼，放下了簾子。
新的生活，就要開始了。
如今紀婉兒有兩件事情要做，一是打理鋪子，二是置辦家用品。
這鋪子原本就是租給做吃食生意的，但原本的老闆不怎麼講究，不僅前頭的鋪子髒亂，後頭的院子也不乾淨。
紀婉兒實在受不了這樣的環境，來這裡的第二日，她一大早就起床跟雲霜還有子安開始收拾。

現在租的鋪子跟在鎮上那間差不多，店面有六張桌子，後面有個廚房，還有三間空房，其中一間放置雜物，剩下兩間他們住。他們三人收拾了兩、三日，這幾個房間才算是徹底打掃整潔了。

這期間蕭清明並未回家，因為他跟紀婉兒商議好初六那日搬過來。這邊的房租是從初一開始算的，紀婉兒覺得租金這麼高，浪費時間太可惜，便提早結束鎮上鋪子的生意，二十六日就過來了。

鋪子裡裡外外都打掃好之後，紀婉兒在院子的一個角落搭了個雞圈，將從家裡帶來的幾隻雞放了進去，最後又擺置了一些花草，這麼一收拾，不知道比之前要美觀又清爽多少。

當然，最重要的還是前頭的鋪子，紀婉兒花了心思重新裝飾一番。桌子是新買的，上面請人刻了一圈枝葉花紋，還雕了幾朵花，四個角落則刻有「美味」兩字。

關於餐館的名字，紀婉兒沒另外取，而是直接用了「美味」兩字，覺得這樣最能傳達她的料理精神。這兩個字不僅桌子上刻了，筷子、竹碗上也有，至於盤子，也是早早就訂製好了。鋪子內的牆壁上則是掛了些畫作，讓人一進門就覺得舒適，感覺也不俗氣。

接著就是置辦家用品了。因為縣城離蕭家村遠，加上家裡原本用的東西品質也不太好，所以紀婉兒只帶了較新的物品來，其餘破舊的全留在茅草屋。如此一來，需要買的東西就比較多，全部置辦完畢總計花了二兩銀子。

在紀婉兒打理鋪子的同時，招人的事情也正在進行，告示已經張貼在鋪子門口，就等著面試了。

初一那日，紀婉兒一打開門，先注意到的不是等著面試的人，而是董嬤嬤跟紀大忠。

「妳這鋪子收拾得倒是不錯。」董嬤嬤誇讚了一句。

「弄了好幾日才打理好的，不過爹娘怎麼過來了？」紀婉兒很是驚喜。

董嬤嬤看了看來應聘的人群，說道：「先別聊了，選人吧。」

「好。」紀婉兒笑了。

來這裡幾日了，忙的時候還不覺得，等到不那麼忙了、夜深人靜的時候，紀婉兒也會有些害怕和緊張，畢竟人生地不熟的。如今看到董嬤嬤和紀大忠，她頓時安心許多，雲霜和子安看到熟悉又親切的長輩，也很開心。

跟在鎮上的鋪子招人時一樣，先選幾個人，然後讓他們回家等消息，不過這回徵的不只婦人，男的也有。

「如今不比在鎮上，咱們對這裡不太熟悉，須得仔細打聽了。」董嬤嬤看著紙上的人名說道。

「嗯，後半晌女兒就去打探。」紀婉兒道。

「娘跟妳一起去調查這幾個婦人，那些個跑堂的就讓妳爹去處理。」董嬤嬤道。

「多謝爹、娘。」

「跟我們客氣什麼？還有，我們搬來縣城了。」董嬤嬤道。

紀婉兒驚訝極了，她原以為爹娘是過來探望她的，沒想到他們也搬了過來。

「妳娘這幾日愁得睡不著覺，女婿在讀書，生意上沒辦法幫妳，她生怕妳一個人忙不過來。」紀大忠在一旁解釋。

說起來，董嬤嬤還是不放心自己的女兒。雖然女兒最近愈來愈能幹了，但她覺得女兒一向嬌生慣養，可不能累出毛病，再者——

「其實不光是為了妳，也是為了妳弟弟，鎮上的先生教得不夠好，娘想讓他來縣城讀書。」董嬤嬤道。

自從女婿考上秀才，董嬤嬤內心就不平靜了。

多年前，在京城當奴僕時，她明明沒犯錯，卻被主家一句話就打發，深深覺得人命在權貴面前什麼都不是。她怕極了，即便來到縣城，也不敢多待，只得回到村裡藏起來，只求安穩度日。

如今女婿考上了秀才，他們家不再無依無靠，她的顧慮比從前少了些，再加上日日擔憂女兒，便決定來縣城了。

「娘能來縣城真的是太好了。」紀婉兒由衷地說道。有董嬤嬤在，她在縣城也有了靠山，不再那麼孤單。即便身處陌生的地方，若身邊多了親人跟朋友，那麼旁人也不敢隨意欺負自己。

董嬤嬤笑著拍了拍女兒的手。

「娘，那你們的行李呢？」紀婉兒問道。

「早就放家裡去了。」董嬤嬤回道。

「啊？」紀婉兒很是詫異。這裡不是縣城嗎？哪來的家？

「我們前幾日就來了，在附近租了個小院子，東西已經放進去了，這兩日剛收拾好。」董嬤嬤又道：「妳爹去鏢局找了個活兒，娘則在裁縫鋪子裡給人裁衣裳。至於妳弟弟那邊，還得讓女婿幫他掌掌眼，找個好先生才行。」

董嬤嬤原本就贊同女兒不找親戚幫忙幹活的做法，想將家裡在縣城的鋪子讓給女兒做生意也被拒絕了，如今她很清楚女兒的底線，自然不會插手她的生意。

她並不缺錢，鋪子一個月就能收二兩銀子的租金，租的小院子一個月只要二百文錢，剩下的錢夠他們一家人過得富足。縣城不比在村裡，鄰里之間的關係並沒有那麼緊密，也不像待在村子時有人能說說話。出來做點事，能打聽打聽外頭的事情，順便賺些零花錢，算是一舉數得，況且她不想讓旁人認為他們是靠女婿一家生活的。

「娘放心，等清明一回來，女兒就跟他說。」

「好。」

後半晌，紀婉兒幾人出門去打聽了，兩日後定下了幾個人。一個是在廚房幫忙做洗菜切菜的廚娘，桂嫂子；一個是跑腿收拾東西的，名叫阿遠；還有一個賬房先生，姓丁，負責招呼客人、收錢跟算賬。

這個丁先生跟董嬤嬤他們是舊識，以前租過紀家的鋪子，但因人太過實在又不擅經營，連年虧損，現在他就是靠為人算個賬、寫寫信件之類的活維生。不說別的，人品信得過，所以董嬤嬤就用了他。

本來紀婉兒沒打算再招一個人的，因為她覺得餐館跟早點鋪子的消費習慣以及客群不同，她有所顧慮。以早點鋪子來說，消費低廉，容易吸引新顧客；餐館的消費水準較高，上得起餐館的人，一般不會輕易選擇一間新鋪子，她未必能養這麼多員工。不過董嬤嬤對女兒的手藝充滿信心，她讓女兒先備上了。

開張前三日，紀婉兒讓阿遠去附近走街串巷進行了宣傳，像是「開店大酬賓，全部菜品打八折」、「消費滿三十文錢送一道小菜，滿五十文錢再加送一道點心」這類廣告詞。宣傳的同時，還讓阿遠拿著準備好的點心讓人品嘗。

初六那日，美味餐館順利開張了。

阿遠站在門口，說著跟三日前一樣的話。「走過路過不要錯過，開店大酬賓，全部菜品打八折……」

打廣告這種事，雲霜和子安可說是個中老手，他們也站在門口吆喝，一邊喊一邊分送試吃品給路過的人。「免費嘗，不買也沒關係。」

不用錢的東西誰不愛？不少人過來品嘗免費提供的點心，有些人嘗過就走了，但真正想吃飯的人，嘗過點心就進來了。畢竟點心味道不錯，而且菜品的價格不貴，不僅打折還送東西，吸引力不小。

「劉兄，咱們今日在這裡吃如何？」

「也行啊，這裡離書院近，吃過飯就能回去。」

這兩個人都是書生打扮，率先進入鋪子裡，甫一進門，他們就對其中的擺設感到驚訝。從外面還看不出什麼，一走進去覺得雅致極了，雖沒什麼裝飾，組合在一起卻舒服得很。

「環境倒是不錯。」劉秀才道。

「確實，很乾淨，也……很有特色。」朱秀才瞧了瞧桌上刻的花紋，又看了看裝著筷子的竹筒。

「兩位客官，你們要吃點什麼？」阿遠立刻過來招呼客人。

朱秀才望著掛在櫃檯後方、寫著菜名的牌子，問道：「你們這裡有什麼特色菜嗎？」

阿遠聽了，便將一本冊子遞到朱秀才面前，說道：「什麼菜都是特色菜，這是咱們鋪子裡的菜譜，您瞧瞧。」

朱秀才還是第一次在用餐的地方看到這種冊子，他跟劉秀才一起好奇地打開了——

第一頁是目錄，前頭寫著二十道菜名，後頭則標明頁數，方便人找尋，跟書籍目錄很像。

朱秀才和劉秀才互看了一眼，滿意地點了點頭。

翻開下一頁，上面寫了一道名為「芙蓉豆腐」的菜。最上面是菜名，再來是對這道菜的介紹，占了半張頁面，包括烹飪方式和食材，當然了，並未載明是怎麼做的。另外半張頁面是這道菜的圖片，是用各種顏色的筆畫的，即便是不識字的人，也能分辨出這道菜運用的食材以及大致上的模樣。

阿遠不識字，可他記性好，這幾日被紀婉兒精心培訓過後，已經將這二十道菜記得滾瓜爛熟。見客人在看，便在一旁細細介紹起來。

「你們是怎麼想到這種法子的？」劉秀才驚訝極了。這裡不過是間小餐館，竟然連此等細節都考慮到了，即便是府城的大酒樓，也沒見過這種做法。

「咳咳，我們主家是秀才郎。」阿遠驕傲地說道。這是紀婉兒吩咐他的，只要說主家是讀書人，旁人就不會再多問了。

果然，朱秀才和劉秀才沒再探究，只是稱讚了幾句。

他們兩個非常喜歡這本冊子，從頭翻到尾，看得興致盎然，就在阿遠以為他們不想吃的時候，朱秀才終於開口點菜了。

「那就來一道粉蒸肉、一道芙蓉豆腐，再來一道……」朱秀才道。

「不必了，朱兄，這些就夠了。」劉秀才連忙說道。

今日朱秀才請客，他家境不錯，自然大方得很，他回道：「這是應該的。」又問阿遠。

「不過，你們鋪子裡沒有一些家常菜色嗎？」

第三十五章　步上軌道

阿遠連忙翻到冊子的倒數第二頁，指給朱秀才看，說明道：「有的，您看，這一面全都是。」

朱秀才這才看到最後一頁上有三十多道家常菜，只寫了菜名，後面標注價格，是按照食材排序的。例如前面全都是馬鈴薯，像是酸辣馬鈴薯絲，五文錢；酸辣馬鈴薯片，六文錢；紅燒馬鈴薯，六文錢……以此類推。

真不錯，比起特色菜，家常菜的確不需要特別的說明跟圖片，這樣也很方便挑選。朱秀才說道：「那就來一道酸辣馬鈴薯絲，再來一道紅燒茄子。」

「一共是四十二文錢，滿三十文錢可以贈送一道小菜。」阿遠指了指最後一頁上面那部分，繼續道：「若是滿五十文錢，會加贈一道點心，點心一共四塊，價格在十五文錢左右。您還差八文錢就滿五十文錢了，要不再多點一道菜？」

老闆娘說了，若是送出一道小菜，他的工資就能加半文錢；若是送出一道點心，就能多一文錢。他一個月的基本工資是五百文錢，若想多賺，就得多推銷。

「哦？就是剛剛在外面試吃的栗子餅嗎？」朱秀才問。

「對。」阿遠有些激動地說道，他覺得那一文錢就快到手了。

「別點了，朱兄，咱們兩人吃不完的，太多了。」劉秀才連忙道。

朱秀才家裡開了幾個鋪子，不差這點錢，他也好面子，覺得請客就得有請客的樣子。

「不會，儘管吃就行。再來一道玉米蛋花羹跟兩碗米飯。」玉米羹六文錢，還差兩文錢，點個飯應該就成了。

「咱們米飯免費，管夠。」阿遠道。

「唷，還有這等好事。」朱秀才笑了，說道：「這樣吧，你問問你們老闆，看看兩文錢還能加些什麼。」

「好咧，您且稍等，馬上就能上菜。」阿遠快步將菜單送到了後面。

從剛剛客人進店，紀婉兒就在後頭留意了，接過阿遠遞來的單子，她便進了廚房。

冊子上寫了二十種特色菜，這些都不像馬鈴薯絲那麼好做。為了防止客人等太久，紀婉兒提前一個時辰處理好前面的步驟，等客人點就能直接做。當然，她也做好了沒人點的準備，不過她寧願沒人點，也不願客人等太久，或者點了之後做不出來。

將粉蒸肉蒸上後，紀婉兒做起了別的菜。芙蓉豆腐聽起來文藝，其實就是用豆腐腦做的，這個她最熟了，馬鈴薯絲和茄子煮起來也快。當她做了兩道菜時，第二桌點菜了。

紀婉兒先讓人將菜送給第一桌，做第三道菜的同時，又準備了第二桌的麻婆豆腐。做好這兩桌料理，她又去觀察前頭的情況了。

率先端上桌的是酸辣馬鈴薯絲，這道菜雖然簡單，卻很考驗廚師的功底。朱秀才對這家鋪子其實不抱太大的期望，畢竟是新開的，沒有口碑可言，可他沒想到，這裡竟然連簡單的馬鈴薯絲都炒得這麼好吃。酸辣可口，馬鈴薯絲還很脆，一點都不軟。

「味道不錯啊。」劉秀才稱讚道。

朱秀才贊同地點了點頭道：「不僅是『不錯』，是『很不錯』。」說著，他又嘗了兩口。

接著，紅燒茄子也端了上來，光是味道跟賣相，就讓人垂涎三尺。茄子是紫色的，上面有紅紅的辣椒，還點綴了一些綠色的蔥段，顏色搭配得極好。

「好聞，好看。」劉秀才說完，吃了一口，又讚道：「好吃！」

芙蓉豆腐又滑又嫩，基底是雞湯，湯汁濃厚，層次豐富；最後上的粉蒸肉更是一絕，肥而不膩，滿口留香。因為事先有所準備，所以粉蒸肉不到兩刻鐘就端上了桌，若是平時，光是蒸就得花半個時辰。

「小二！」朱秀才喊道。

阿遠連忙過來問道：「客官，您有何指示？」

「你家廚子是從哪家酒樓挖過來的吧？手藝真是絕了。」朱秀才道。
阿遠見客人開心，笑著說：「那倒不是。甭管哪裡找來的，好吃就行了，您說是吧？」
老闆娘是女的，不想出來見客，他也就不多說。
「是我著相了，小兄弟說得對。」朱秀才道。
這些菜分量不少，可實在太好吃了，朱秀才和劉秀才兩個人竟然將四道菜跟加送的小菜吃得一點也不剩。至於米飯，他們反倒沒吃多少，一人吃了一小碗。
由於他們這桌只差兩文錢就能湊滿五十文錢，換得四塊栗子餅，最後紀婉兒拿這兩文錢多給了一塊栗子餅。兩人就這樣吃飽喝足，拿著五塊栗子餅走了。
阿遠將盤子收到了後面，對紀婉兒說道：「婉兒姊，您看，客人都吃完了。」
紀婉兒笑了，點了點頭。
興許是這幾日宣傳做得好，且既打折又送東西，所以這一個中午就陸陸續續來了十二桌客人。
消費最多的是六十文錢，最少的則是花六文錢買了一份酸辣馬鈴薯片，吃了兩碗米飯，其餘大部分一桌都花二、三十文錢。
算了算，平均一桌花費三十多文錢，十二桌一共收了四百文錢左右，去掉房租、食材費用、工錢、打折費跟贈送的餐點，這一頓飯約賺了七、八十文錢。晚上那頓比中午收入更多一些，但也就是賺個一百文錢左右。

雖說人不是特別多，賺得還不如在鎮上開的早點鋪子，不過開張第一天就能這樣，已經很不錯了。像他們這種小餐館，做的就是口碑，今日客人們的評價都不錯，紀婉兒看得出來大家是真心喜歡，她相信這裡的生意會像之前在鎮上那樣愈來愈好的。

時辰已經不早，等收拾完鋪子，來幹活的人就要離開了，就在此時，一個人出現在了鋪子門口。

瞧見來人，紀婉兒笑了，迎過去道：「夫君，你回來了。」

此刻蕭清明是有些茫然的。娘子說好今日來縣城，他心想家裡應該是亂糟糟的才對，可從外頭看，這裡卻是燈火通明，很熱鬧的樣子。他在四周查看了一下，才確定這就是自家的鋪子，走了進來。

紀婉兒此話一出，在鋪子裡幹活的人全看了過去。

他們知道主家今年剛考中秀才，在縣城讀書，只是沒想到他竟然這麼年輕英俊，跟平常見到的讀書人不太一樣，像是哪家的少爺一般。

「嗯。」蕭清明簡單應了一聲。雖然心中有諸多疑惑，但此刻人太多了，他不方便問。

蕭清明一來，大家收拾的速度更快了，處理好以後就趕緊離開了這裡。

鋪子一關上門，紀婉兒就領著蕭清明往後院走去。「吃過飯了嗎？」

「吃過了。」蕭清明答道。

「我想著你晚上讀書辛苦，給你留了些糕點，要不要嘗一嘗？」紀婉兒笑著問道。

「好。」蕭清明道。

蕭清明吃糕點，紀婉兒就坐在對面看他，兩個人誰都沒說話，就這麼靜靜坐著。

天色不早，吃過糕點後，蕭清明去洗漱了。雜物間被紀婉兒改造了一番，一半放置雜物，一半可以沐浴。

蕭清明沐浴回來後四處看了看，沒瞧見自己想找的東西，又走動幾步找了起來。

紀婉兒累了一整日，這會兒有些睏倦了，瞧他舉止奇怪，便迷迷糊糊地問道：「找什麼呢？」

蕭清明抿了抿唇，問道：「娘子，為夫的草蓆和被褥呢？」

這話讓紀婉兒瞬間清醒過來。糟了，她忘記蕭清明要在地上睡了。

從家裡過來時，她把那些破舊的東西都扔在了茅草屋，包括蕭清明用的破草蓆還有被褥。

蕭清明看著紀婉兒的反應，瞬間明白了什麼。娘子這是又把他忘了？他心裡有一種說不出來的滋味。

娘子提前來到縣城卻沒去找他，他日常要用的物品娘子也不帶來，彷彿這個家他是最不重要的一般。

紀婉兒瞧著蕭清明有些失望的眼神，連忙往裡面挪，空出一個位置，拍了拍旁邊的被子道：「地上涼，夫君以後睡床上吧。」

蕭清明頓時怔住了，不敢置信地望著紀婉兒。

這句話根本沒經過紀婉兒的腦子，她只是不想讓蕭清明失望，可說出來以後又有些後悔了，尤其是現在蕭清明用那種眼神看她……這是不想跟她一起睡床上？

「你先湊合一晚上吧，明日我——」

她話還沒說完，就見蕭清明快步走到床邊，掀開被子躺了進去，隨後一本正經地說道：「為夫也覺得地上太涼了，睡得不舒服，多謝娘子替為夫考慮。」

瞧蕭清明這一氣呵成的動作，再看他顏色變紅的耳垂，紀婉兒嘴角露出了一絲微笑。

一直被紀婉兒盯著，蕭清明很不自在，輕咳一聲道：「咳，天不早了，睡吧。」

「好。」

說罷，蕭清明起身吹滅了油燈，又躺回床上。燈一滅，他們誰也沒說話，也沒任何動作，就這麼平躺在床上。

紀婉兒本來挺睏的，這會兒聞著蕭清明身上熟悉而又陌生的味道，忽然有些睡不著了。

蕭清明更不用說，現在他耳邊只能聽得見自己怦怦怦的心跳聲，鼻間還傳來好聞的香氣，腦子裡頓時一片空白。

過了許久，紀婉兒躺得屁股都麻了，她實在受不了這種感覺，便開口輕聲問道：「夫君，你睡著了嗎？」

「沒。」

「那咱們說說話？」

「好。」

紀婉兒說起最近這陣子的事情，像是他們什麼時候來到縣城、大家怎麼收拾這裡、她如何裝飾鋪子的、開張之前做了什麼，又說了娘家人也來縣城住的事情、提起他們對家裡的幫助，最後說到董嬤嬤的請求。

「好，我明日就去打聽。」蕭清明說道。

說到這裡，紀婉兒側過身子，看向蕭清明道：「我琢磨著，不光要為懷京找個好先生，也該給子安找個先生，他今年五歲，該啟蒙了。從前家裡窮所以沒餘力，如今咱們有些結餘，是時候送他去讀書了。」

蕭清明感受到了來自紀婉兒的「壓力」，好不容易才平復一些的心跳，又悄悄加速了。

見蕭清明沒回答，紀婉兒又湊近了一些，問道：「你覺得如何？」

「……好。」

「雲霜的話，我想讓她去我娘做衣裳的鋪子裡學學針線。」

「好。」

怎麼她說什麼他就應什麼呢？紀婉兒懷疑蕭清明根本就沒聽清她說了啥。想到這裡，她眼珠子轉了轉，說道：「夫君，我一點針線活都不會，也不想學，你會不會覺得我很沒用？」

「會。」

「嗯？」紀婉兒提高了聲量。

蕭清明頓時清醒過來，忙道：「不會。」

「你騙我的吧？剛剛你還說會。」紀婉兒佯怒道。

蕭清明連忙補救。「娘子現在就很好，不用去學。為夫以後能賺更多錢，衣裳壞了就去裁縫鋪子找人修補，實在不行了就買新的。」

見紀婉兒不回答，蕭清明又道：「娘子是天底下最好的女子，不僅做飯好吃、會賺錢，還……還長得好看，別人都羨慕為夫能娶到妳。」

紀婉兒開心地說：「真的？」

「真的。」蕭清明認真地說道。

「嗯，你明白我的好就行。」紀婉兒愉悅地說道：「我睏啦，睡吧睡吧。」

「好。」他應道。

紀婉兒忍不住伸手抱住了蕭清明一條胳膊，把臉放在上面蹭了蹭。她睡覺喜歡抱著東西，之前都是抱著枕頭或被子，如今蕭清明就在身側，自然是抱著真人睡更好。聞著他身上的味道，她很快就睡著了。

這可苦了蕭清明了，紀婉兒身上的馨香一直在他鼻間縈繞，擾得他心癢難耐，久久不能平復。

第二日一早，蕭清明頂著大大的黑眼圈醒了過來，不僅如此，胳膊也已經麻了。瞧天色尚早，蕭清明輕輕抽出了胳膊，怕打擾到紀婉兒。

誰知紀婉兒還是醒了過來，她看了看天色，從床上坐起身，揉了揉眼睛問道：「這麼早就起來了啊，要不要給你做飯？」

蕭清明見紀婉兒的裡衣不知何時滑落了，露出了一點香肩，想到昨晚胳膊上的觸感，他立刻臉紅了，視線連忙挪開，看向別處。「不……不用了，書院裡有飯。」

「喔。」紀婉兒不知蕭清明心中所想，點了點頭。

收拾好東西，蕭清明匆匆去了書院，紀婉兒又睡了一會兒才起來，之後帶著雲霜跟子安去買菜。

今日鋪子裡依舊打折，客人比昨日還多，有一些還是回頭客。

從這日起，蕭清明就不在書院住了，日日返家。過沒幾日，蕭清明就各為紀懷京跟子安找好了先生。

得知自己要去讀書了，子安很是興奮，他一直都覺得讀書的人很厲害，就像自家兄長那樣。原以為自己沒有資格去讀的，沒想到這樣的好事竟落在自己頭上。

雲霜得知嫂子要送自己去學手藝，也感激得不得了，因為她本來就對針線活有興趣。對於讀書一事，雲霜倒是沒想過，畢竟她身邊的女子，除了嫂子以外沒人讀過書，她認為那是男子的事情。

紀婉兒卻不這麼想。送子安去讀書的那一日，她笑著說：「子安，你要好好跟著先生讀書喔，回來好教一教姊姊。」

其實她也想送雲霜去讀書，然而縣城並沒有專門教女子讀書的地方，那些大戶人家都是特地請先生到家裡教姑娘家讀書的。

如今他們還請不動這種先生，不過等蕭清明考中狀元，他們去了京城以後，這件事就不成問題了。目前只能先讓雲霜跟著子安學，她不忙的時候也可以教教雲霜。

子安鄭重地點頭道：「好，嫂子放心，我記住了。」

紀婉兒摸了摸子安的頭髮，送他與雲霜出門了。他們離開之後，紀婉兒沒能來得及覺得寂寞，心思就被鋪子裡的事情給填滿了。

兩個人早上走，後半晌回來。返家以後，子安先做功課，雲霜則會來前頭幫忙，等子安做完功課，再教雲霜。

從開張第二日起，鋪子裡的客人就一直在增加，營收也一日比一日多。雖然上漲的幅度不大，有時可能只比前一日多個五文錢，但趨勢是往上的。

打折了十日後，菜品的價格恢復了原樣，好在鋪子裡的客人並未減少，只是增長的速度不如前幾日快了。

錢是賺不完的，到了第二個月，鋪子邁上正軌之後，紀婉兒就準備排休了，至於休息的時間，就按照蕭清明的假日來定。對於這種決定，蕭清明自然歡喜不已。

休息這一天，紀婉兒跟蕭清明去置辦衣裳了。

來到縣城之後，紀婉兒就為子安和雲霜準備好了新衣，蕭清明一直在讀書，倒是把他給忘了，如今有了空閒，當然該帶本人去買。

雖然蕭清明休息，可子安和雲霜這日還是要讀書跟學手藝，這算是紀婉兒和蕭清明來縣城之後難得的兩人世界。買完衣裳後，他們就四處逛了逛。

蕭清明雖然比紀婉兒早來，卻還不如她熟悉縣城，都是她帶著他逛的。不管紀婉兒逛什麼鋪子，蕭清明都一臉笑意地跟在身旁，目光也緊緊黏在她身上。

第三十六章　一吻入心

中午，兩個人在外面的館子用過飯才回去；後半晌，蕭清明在家裡看書，紀婉兒則去研究菜單了。

原本的菜單是紀婉兒根據縣城當地一些餐館的菜色，以及自己擅長的菜式訂出來的。如今過去了一段時間，她得根據自家鋪子的客人喜好適當的調整才是。

鋪子開張這一個月以來，銷量最好的是家常菜，像是酸辣馬鈴薯絲、醋溜白菜之類的，至於她精心準備的二十道特色菜，賣得最好的是辣子雞。

這倒是有些出乎紀婉兒的意料。她本以為大家會像鎮上的客人一樣，偏好口味溫和一些的菜色，所以只放了兩道辣味的特色菜，沒想到他們更喜歡重口味的。除了辣子雞，家常菜當中的辣椒炒肉賣得也不錯。

衡量過後，紀婉兒抽掉幾樣偏甜的菜色，換上水煮肉片、麻婆豆腐和剁椒魚頭。字她能自己寫，可是圖片就得出門去找人畫了。不過這不算什麼大事，只要錢給得足，三道菜的圖不到半個時辰就能畫好。

晚上，紀婉兒做了一道水煮肉片。主要是她好久沒煮了，怕明日有什麼狀況，提前先試試，順道探探家人的反應。

黃豆芽洗淨燙熟，放進碗裡鋪底。起鍋熱油，放入切好的薑、蒜與辣椒，爆出香氣後放入豆瓣醬，炒出紅油後放入適量的白開水煮開。湯煮開後，放入事先醃製好的肉片，肉一變白，即可撈起放在黃豆芽上，再放上蒜泥與蔥段。

起鍋熱油，放入花椒和乾辣椒爆香，油冒煙後對準肉片上的蒜泥和蔥淋上，再撒上白芝麻和香菜即可。

「這道菜有些辣，雲霜和子安少吃點，小心上火。」紀婉兒叮嚀道。

蕭清明原本盯著桌上的水煮肉片看，聽到這話，眼眸微動，側頭望向紀婉兒。既然弟弟妹妹不能吃，那這就說明娘子是特地做給他吃的？

雖然平常很少吃辣，但這個認知卻讓蕭清明非常欣喜——雖然紀婉兒完全沒有這意思。

「知道了，嫂子。」子安嚥了嚥口水應道。

紀婉兒本以為家裡的人都不怎麼能吃辣，沒想到只有雲霜不太行，蕭清明和子安都不怎麼怕辣，還吃得很是過癮。

「嫂子，這道菜真香，真好吃！」子安開心地說道。

雲霜斯文地端起一旁的溫水喝了一口，盯著那盤紅通通的水煮肉片小聲說道：「確實好吃，就是有些辣。」說完，她又喝了一口溫水。
「夫君，好吃嗎？」紀婉兒笑著問。
蕭清明吃得停不下來，一張嘴紅紅的，點了點頭道：「好吃。」
「少吃點，大晚上的，要是胃不舒服就不好了。」紀婉兒適時提醒。她許久沒怎麼吃辣，吃了一些就覺得胃裡有些熱。
「好。」蕭清明道。
雖然他嘴上說好，可是吃水煮肉片的動作卻沒停下來。
紀婉兒看得出來，蕭清明是真心喜歡這一道菜。她只知道蕭清明愛吃麵跟甜食，沒想到辣的他也這麼中意，看來以後家裡要多做一些辣味料理了。
瞧蕭清明吃得開心的模樣，紀婉兒忍不住跟著吃了一些，沒多久，水煮肉片就見底了。
見到大家的反應，紀婉兒相信這道菜應該沒問題，能如期登場了。
蕭清明用餐時吃了多少水煮肉片，這會兒就有多痛苦。
紀婉兒發現，短短一個時辰內，蕭清明已經如廁三次了，看樣子辣椒的威力果然不是蓋的。
兩人剛躺到床上，蕭清明就又去了第四次，等他回來，瞧他臉上那副有難言之隱的模樣，紀婉兒道：「不能吃辣還吃那麼多做什麼？」

這是娘子特地做給他吃的，他怎能不吃？蕭清明抿了抿唇，沒說話，臉色卻有些紅。這種事情要是被自家娘子知曉，該有多丟人又尷尬啊。

熄燈之後，紀婉兒照舊抱著蕭清明的胳膊睡，她原本快睡著了，可想到蕭清明方才的神情，又睜開了眼睛。

她剛剛話是不是說得太重，惹他不高興了？唉，怪他做什麼呢，還不是因為自己做了這道菜，她若是不做，他也不會吃。

瞧蕭清明直挺挺躺在床上的樣子，紀婉兒問：「你是不是還不舒服？」

確實還有些不舒服，畢竟他從來沒一口氣吃過這麼多辣椒……儘管如此，蕭清明卻回道：「沒有。」

紀婉兒盯著蕭清明仔細瞧了許久，湊近他，親了他一口。「要是難受的話，你就跟我說。」

「……嗯。」蕭清明應道。

其實，跟吃辣椒帶來的痛苦相比，令他更難受的是，娘子日日抱著他睡這件事。

他是個正常男人，從前兩人不在一處睡還好，就算偶爾有衝動，感受也沒這麼強烈，可如今天天同床共枕，有些事情就沒那麼能忍受了。

聽著耳邊傳來的平穩呼吸聲，蕭清明承受著雙重刺激，過了許久才睡著。

雖然昨晚難受至極，隔天蕭清明還是在跟平日一樣的時間醒了過來，可醒來之後卻更難受了——今早似乎比之前涼了一些，紀婉兒不僅抱著他的手臂，一條腿還搭在他身上。

蕭清明屏氣凝神，深呼吸了幾次，一顆騷動的心才平靜下來。他輕輕挪開紀婉兒，悄悄下床去洗漱了。

臨走之前，瞧著床上睡得正熟、雙頰微紅的人，想到昨晚臉頰上的觸感，蕭清明抿了抿唇，鬼使神差般地低頭親了一下。親完之後，見紀婉兒眼皮動了動，他不禁慌張地逃離了。

紀婉兒就是覺得臉頰有些癢，倒不是真的醒來，她無意識地抬手打了一下，又睡著了。

更換菜單之後，點那三道菜的人果然不少，單單是第一日，就賣出三份水煮肉片、兩份麻婆豆腐和一份剁椒魚頭。要知道這二十道特色菜，有些並不是日日都能賣出去的，可能兩、三日才賣一份，費工不說，也曾經做了卻沒賣完。不過這是能建立一家餐館特色的料理，得堅持下去才行。

瞧著當日三百多文錢的盈利，紀婉兒笑了。按照這個勢頭下去，這個月的獲利就要超過在鎮上一個月賺的了。

返家時，蕭清明不太敢看紀婉兒的臉，即便她開心地跟他說鋪子裡的收入又增加了，他也像是沒聽到一般，看起來有點心不在焉。

紀婉兒以為蕭清明讀書讀累了，便沒再多說，殊不知他這會兒心虛得很。

等到晚上紀婉兒睡著之後，蕭清明才敢盯著她瞧。雖然房內黑漆漆的，但因為兩人離得近，蕭清明還是能看到紀婉兒熟睡的臉龐——早上那件事又浮現在眼前。

蕭清明看著那張白嫩的臉蛋，忍不住又親了一下，親完立刻閉眼裝睡，像是做了什麼虧心事一般，心怦怦直跳，耳垂也紅得像是要滴血一般。直到確認紀婉兒沒什麼反應，他才平靜下來。

他終於明白娘子為何那麼喜歡親他了，原來親吻的感覺這般美好。第二日一早離開前，蕭清明又親了紀婉兒一下。

雖然這回仍舊沒被發現，紀婉兒卻很快就醒了過來。她總覺得天氣雖然涼了，還是有蚊子擾她清夢，真是可恨。

如此過了幾日，對於偷親這件事，蕭清明做得愈來愈熟練，睡前親一下，離開前也親一下。

這一天，蕭清明出門前又親了紀婉兒的臉頰，然而下個瞬間，她卻突然睜開了眼睛。

紀婉兒之前還以為是蚊子叮她，誰知找不到被叮的痕跡，搞了半天，原來是蕭清明在親她！親就親吧，為何要偷偷摸摸的？

蕭清明本來已經習慣偷親這種行為，也不再緊張了，可這會兒，瞧見紀婉兒的眼神，他徹底慌了，整個人僵住，維持著剛才的動作，雙手撐在紀婉兒身側。

「幹麼偷親我？」紀婉兒先開口。

聽到這句話，蕭清明的臉頰與耳垂瞬間紅了起來。

見他害羞的模樣，紀婉兒笑著說：「咱們是正經夫妻，夫君不必如此。」

蕭清明總是那麼害羞，即便她親他，他也沒什麼反應，她還以為他內向到一個極點了，沒想到這個書呆子竟然會私底下偷親她，看來她在他心中還是挺重要的嘛！

想到這裡，紀婉兒抱著蕭清明的脖子，將他拉近了一些，對著他的臉頰親了一口。「就像這樣，我想親你，就親了。」

蕭清明的臉頰比剛剛更紅了。

紀婉兒心想，這人可真是太不經逗了，再逗下去，說不定會耽擱他今日讀書，還是就此打住吧。「夫君，以後你若是想親我，就大大方方地親，不必偷偷摸摸，記住了沒……」

她話還沒說完，唇卻突然被人堵住了。

紀婉兒震驚極了，眼睛頓時瞪得大大的。她沒想到蕭清明會做出這種事，直到蕭清明的唇離開她的，她都沒回過神來——她明明不是這個意思啊！

「嗯，為夫記住了。」

說罷，蕭清明瞄了紀婉兒一眼之後出了門，動作和神態看起來頗為從容，跟剛才偷親被抓到時的窘狀完全不同。

等蕭清明的背影消失在眼前，關門聲響起，紀婉兒這才清醒過來。

剛剛……她被蕭清明親了？紀婉兒緩緩抬起手摸了摸自己的唇，那種微涼的觸感還停留在上面。

想到蕭清明親她時那認真而又虔誠的模樣，再憶起那撲面而來、屬於蕭清明的濃烈氣息，紀婉兒的臉「唰」地一下紅了起來，心跳也如擂鼓一般狂炸。

啊啊啊啊啊啊！紀婉兒後知後覺地開始害羞了。

即便房內沒其他人，她也覺得像是被人盯著一般，連忙把蓋在胸前的被子拉到了頭頂，遮住自己布滿紅暈的臉。

不淡定的人，可不止紀婉兒一個。方才吻紀婉兒時，蕭清明看起來很是從容，內心實則緊張到不行，親完以後更是落荒而逃，沒讓紀婉兒看出他的緊張。

他竟然真的這麼做了！這件事他想了無數次、夢了無數回，卻沒有一次付諸行動，如今卻突然實現了。

撫著猛烈鼓動的胸口，在害臊的同時，蕭清明覺得這種感覺……真的不錯。他抿了抿唇，回想起剛剛的滋味。

微風一吹，蕭清明嘴角露出了一絲笑意，大步朝著書院走去。

紀婉兒在床上躺了有小半個時辰，眼見應該買菜了，這才起身。

今日的生意依舊很好，昨日放上去的那幾道辣菜今日又被選中了，這證明她的決定是正確的。紀婉兒心想，既然大家喜歡辣口的料理，她可以再想些其他菜品。

快打烊時，蕭清明回來了。看到他，紀婉兒有那麼一瞬間驚慌失措，但是在看到他溫和的笑容時，驚慌又變成了害羞，心跳也似乎漏了一拍。她怎麼覺得蕭清明比從前更好看了，笑起來溫潤如玉……

「娘子，今日累嗎？」蕭清明率先開口道。

紀婉兒上前捏了捏他的手，笑道：「不累。」

兩個人就這麼站在灶臺前互相對望，有一段時間誰都沒說話，縱然如此，氣氛也絲毫不尷尬。

過了片刻，紀婉兒問了一句。「你今日讀書累嗎？」

蕭清明搖了搖頭道：「不累。」

一想到娘子就在書院附近等著他，他不僅不累，還覺得渾身上下都充滿了力氣。

蕭清明就這樣跟紀婉兒有一搭沒一搭地聊著，前頭很快就收拾完畢，來幹活的人都離開了。

子安有個字不認識，本想過來問自家兄長的，卻被雲霜攔住了。雲霜瞧著兄嫂站在一起那般配的樣子，不想讓人打擾他們，只道：「明日你去問先生，哥哥讀書太辛苦了，怎能拿這種小事煩勞哥哥？」

子安想了想，覺得姊姊說得有理，點了點頭。

晚上沐浴過後，蕭清明熄了燈，躺在床上。

熄燈後，紀婉兒靜靜聽著蕭清明那側的動靜，有一絲緊張，又有一絲期待。然而她等了許久，卻不見他採取任何行動，又過了一會兒，就聽到平穩的呼吸聲從身側傳了過來。

蕭清明睡著了?!紀婉兒撐起身子看過去，果然，他真的已經進入了夢鄉。

這人真是……早上吻了她，現在就忘了？之前沒被她發現的時候不是還喜歡早晚親她一下嗎，今日怎麼這麼反常？難道被她發現了就不親了嗎？

見蕭清明陷入沈睡，紀婉兒越發來氣，但她也不知自己在氣什麼。就是覺得她還沒睡呢，蕭清明怎麼能睡這麼熟？

紀婉兒忍不住想把蕭清明叫醒，等她睡了他才能睡，不過這也僅止於一股衝動罷了，蕭清明讀書這麼辛苦，她不忍心吵醒他。

這一刻，紀婉兒洩了氣，躺回了床上。

忙了一整日，平常她這會兒早就睏了，一躺到床上就能睡著，現在卻清醒得很，躺了一刻鐘仍舊毫無睡意。

紀婉兒掀開被子，再次看向躺在自己身側的蕭清明。

蕭清明長得可真好看啊。雖然此刻房內漆黑一片，可就著月光，她還是能看得清楚——

臉部稜角分明，眉若遠山，鼻梁高挺，唇……薄薄的，緊抿著。

盯著蕭清明的唇看了一會兒，紀婉兒心中生出一個想法，見他依舊睡得很熟，她便湊過去親了他一下。

親完，一顆心又不可控制地猛烈跳動起來，但同時也舒坦多了。紀婉兒嘴角露出一抹笑意，滿意地躺了回去。按著自己悸動不已的胸膛，她很快就睡著了。

隔天蕭清明早早就醒了過來。昨晚娘子沒抱著他的胳膊睡，他內心平靜，幾乎一沾枕頭就入眠了，睡得特別好。

此刻蕭清明的頭腦很是清醒，不過瞧著不像往常一樣掛在自己身上，反倒是側身朝裡、睡得正熟的娘子，他又有些許失落。

他想像往常一樣親一下娘子，可惜她離得太遠，若是他湊過去，勢必會把她吵醒。

就這麼糾結了一會兒，蕭清明洗漱完後就去書院了。

接下來，鋪子的生意一下子變好了。月初還是每天賺三百文錢左右，過沒幾日，收益就達到了四百文錢；在四百文錢停頓了不到幾日，就到了五百文錢。

既然賺得多，就是代表客人增加了。早上還好，一到中午，大夥兒就忙得腳不沾地，從巳正忙到未正才能喘口氣，整整忙兩個時辰；歇上一個時辰，申正又陸陸續續來客人了，得再忙上一個時辰。

如此一來，一日當中有三個時辰，紀婉兒一直不停在做菜，很快的，蕭清明就發現娘子疑似冷落他了。

這個狀況好像是從他吻了娘子那一日開始的。從那天起，娘子不再跟他講鋪子裡的事情，晚上說沒兩句話就背對著他睡了，也不再抱著他。

之前他還覺得娘子不抱著他睡，他就能不緊張、安心地睡個好覺，這會兒就狠狠打臉了，娘子不抱著他，他根本就睡不著。就這麼過了幾日，娘子晚上甚至不再跟他說話了，一躺到床上就睡。

蕭清明通常一大早就離開，等鋪子快要打烊的時候才會回來，因此他不並不知曉鋪子裡的狀況如何，平常除了紀婉兒，其他人壓根兒不會跟他提這件事。

由於紀婉兒先前跟他聊過生意上的事情，所以蕭清明知曉鋪子裡有幾個人在幫忙，應該應付得來，根本沒想到紀婉兒會這樣是因為太累了。

站在蕭清明的角度，他只覺得紀婉兒是因為他那日吻了她，所以變得越發冷漠、越發不喜他……

第三十七章 藉酒壯膽

鋪子裡的生意突然好起來，紀婉兒每日都忙得不得了，並不知道蕭清明心中所想。她倒是想跟蕭清明聊聊天，可實在太睏了，總是沒說兩句話就睡著。即便作夢，也是夢到跟鋪子有關的事情，有時候甚至夢到自己在煮菜。

這一天，董嬤嬤休息，特地來鋪子裡探望女兒，見到女兒辛苦的模樣，她是既欣慰又心疼。瞧著鋪子裡眾人忙碌的模樣，董嬤嬤伸出援手，在這裡幫了半日的忙。之所以只幫半日，是因為她知曉，即便在這裡忙上一整日，也解決不了實際問題。

知曉女兒一定沒空，董嬤嬤便跟她說了一聲，決定按照她招人的方法找兩個人來，一個負責洗菜切菜，一個則必須會些廚藝，好給女兒打下手。三日後，董嬤嬤就招好了人，一個姓盧，一個姓白，都是婦人。

看著上門工作的兩個幫手，紀婉兒很是感激董嬤嬤。其實她不是不想招人，可最近實在太忙太累，一有多餘的時間就在家休息，還沒來得及喘口氣思考這件事。

紀婉兒原本想過幾日再招人，沒想到董嬤嬤直接幫她解決了這個難題，有這般為女兒著想的母親，是她的福氣。多了這兩個人，她一下子就輕鬆了不少。

回想這段時間，就像是場夢一樣。不是她準備得不夠充分，而是她沒想到自家的鋪子這麼受歡迎。回頭客愈來愈多，還有不少人是別人介紹來的，口碑似乎在一夜之間發酵，不少人都特地來這裡用餐，讓她措手不及。

不過，就算鋪子的生意再好，還是要適度休息，要是日日這麼忙下去，身體可是會吃不消的。

阿遠覺得生意這麼好，還以為老闆娘不會休息，可沒想到時間一到，鋪子還是要歇業。他私心是不想休息的，畢竟若是客人消費的金額高，他也能拿到獎金。

他向紀婉兒提出自己的意見，可還是被否決了。

「好好休息吧，這個月給大家漲工資，一人十文錢。」紀婉兒道。

要知道，紀婉兒給的工資並不比別處低，漲了十文錢那就更高了，大家自然欣喜不已，阿遠也樂得享受休假了。

這天晚上，紀婉兒總算能跟蕭清明好好說說話了，可這一看，才發現了問題。

「夫君，你怎麼消瘦了？」明明蕭清明天天都在自己身旁，她前幾日怎麼沒發現呢？

蕭清明瞥了紀婉兒一眼，抿了抿唇。

紀婉兒看著蕭清明疲憊的眼神，算了算日子，很是貼心地問道：「是不是因為書院快要考試了？即便準備考試，也不能不好好吃飯啊。明日我打算把爹娘和弟弟請過來，咱們一起吃一頓，到時候我多做些好吃的。」

「嗯。」蕭清明應了一聲。

瞧著還不到亥時，蕭清明又快要考試了，紀婉兒望著桌上點燃的油燈，說道：「我瞧這油燈不夠亮，不如用蠟燭吧，我箱子裡有，這就去拿給你。」

她心想著，快考試時，大家總喜歡臨時抱佛腳，蕭清明估摸著也不例外，之前快要考秀才的時候，他就比較晚回房。

「娘子，不必……」

「你不用跟我客氣。」

不一會兒，紀婉兒就將她珍藏許久的好蠟燭拿出來遞給蕭清明。「油燈也別滅了，多點些蠟燭，免得傷眼睛。」她體貼地說道。

蕭清明原本想去休息的，紀婉兒這麼一做，他倒是不好去躺著了。

安排好這些，紀婉兒就去睡覺了，蕭清明坐在桌前，長長地嘆了一口氣，書上的內容怎麼都看不進去。

聽到紀婉兒傳來均勻的呼吸聲，蕭清明便吹滅蠟燭跟油燈去了床上。身體是歇著了，可他心頭始終沈重，總覺得有股氣沒喘順，想要發洩出來。

第二日，紀婉兒睡到自然醒，算著裁縫鋪子那邊的時間，等到董嬤嬤快要收工時，她就去鋪子裡尋她，提出晚上一起吃飯的事情，董嬤嬤答應了。

等到酉時左右，董嬤嬤一家過來了。或許是原本就認識的人一同到了陌生的地方，感覺彼此之間的感情比從前更好，尤其是紀懷京對蕭清明。

紀懷京本就崇拜蕭清明，姊姊剛成親時，他就想跟姊夫探討學習上的問題，可惜那時候姊夫對他愛理不理的——確切地說，姊夫對誰都是這種態度。如今姊夫待他好多了，他有什麼不懂的地方，姊夫都會認真為他解答。

瞧著兒子一臉熱切的模樣，董嬤嬤對女兒說道：「啥時候妳弟弟也能考中秀才，娘就安心了。」

紀婉兒憶起書中的情節，又想到蕭清明私下對紀懷京的評價，笑著回道：「娘，您放心，弟弟自幼就聰慧，定能考中秀才。」

董嬤嬤也聽先生這麼稱讚過兒子，可聰明的人何其多，能中秀才的人卻少之又少。「唉，希望他有這個命吧。」

「會的。」紀婉兒安慰道。

一家人團聚，心情放鬆，席間董嬤嬤跟紀大忠喝了些酒，氣氛也愈來愈熱烈，聊起天來

就更沒顧忌了。推杯換盞間，董嬤嬤提及了多年前的事情──

「女婿，婉兒六歲之前，一直跟我還有你岳父在京城生活。雖說是當僕人，但也是在侯府做事，跟尋常人家不同。那時候我們全家住在一個大院子裡，她從小錦衣玉食的，沒吃過什麼苦。等後來回到村裡，我和她爹也都疼惜她，沒捨得讓她幹活，因此養成了她嬌氣的性子。若是她有什麼不對的地方，你多擔待些，實在不行的話，你來找我，我給你作主。」

聽到這番話，蕭清明連忙站起身道：「岳母，您別這麼說，娘子一直都很好，是小婿沒本事，讓她跟著我吃苦了。」

紀婉兒剛想開口說話，董嬤嬤就看了她一眼，阻止她發言。

董嬤嬤繼續說道：「如今瞧她一個人開鋪子，說實話，我挺心疼的，但見她做得愈來愈好，又很是欣慰，反正這會兒她年輕，吃點苦不算什麼。家裡有了錢，雲霜和子安就過得好，你也能安心讀書，只要你將來能考取功名，這些苦就不算什麼了。」

董嬤嬤幾句話不離自家女兒的功勞，雖然這話說得很是刻意，卻又不讓人討厭。

「岳母放心，小婿定會考取功名，讓娘子過上好日子。」說這話時，蕭清明瞥了紀婉兒一下。

對於女婿的保證，董嬤嬤很是滿意，點點頭應了一聲。「嗯。」

聊著聊著，不知怎的，董嬤嬤又提及了京城的事。

關於京城的事情，紀懷京可說是從小聽到大，雖然沒去過，他卻相當清楚那裡的事；紀大忠也在京城生活了多年，知曉京城是何模樣。

除了這兩個人，其他人都是第一次聽董嬤嬤提起，好奇得很，尤其是雲霜和子安，更對繁華的京城充滿了濃濃的好奇心。

「哇，還有那麼大的餐館嗎？三層樓那麼高？」子安驚訝地問道。

「是啊，不過那不叫餐館，叫酒樓，光是一樓大堂，就能坐二十幾桌，樓上還有包廂。」董嬤嬤道。

「京城人都穿綾羅綢緞嗎？」雲霜小聲問道。

「不僅穿綾羅綢緞，上面還有繁複的刺繡，有些甚至是用金線繡的，有的還綴著珍珠。」董嬤嬤道。

許是今日飲了酒，又提到了往事，說著說著，董嬤嬤道：「有時候，作夢都會夢到京城，想著哪一日能回去就好了。」

說這些話時，董嬤嬤的神色極為複雜，看到她這模樣，紀婉兒心裡也有些難過。對於董嬤嬤這種心氣高傲之人，莫名被主家趕出京城，應該很難受吧？回京城，已經成為她的執念了。

不過，董嬤嬤的運氣倒也不算太差。之前伺候過的主子是書中的女主角，將來會母儀天下，而她身為女主角年幼時信任的嬤嬤，也頗受女主角喜愛，所以後來紀家遭遇危難時，她才會伸手幫助董嬤嬤。

紀婉兒不知道此刻蕭清明正凝視著她。察覺她眼神中的哀傷，蕭清明心想，娘子定然也想回到繁華的京城吧？當年的事他聽說過，娘子一家人是被主家趕出來的。

蕭清明不禁握緊了酒杯——他要讓娘子光明正大地回去！

想到這裡，他拿起酒杯一飲而盡，接著便劇烈咳了起來。他平常滴酒不沾，第一次喝酒就喝了這麼一大口，當然不習慣。

聽到蕭清明的咳嗽聲，紀婉兒回過神來，連忙為他拍了拍背。「你怎麼喝這麼急？不能喝就別喝這麼多。」

蕭清明咳到滿臉通紅，咳了一會兒，他終於恢復正常。

發生這個小插曲，董嬤嬤瞬間清醒許多。察覺到自己剛剛說了不當的話，她連忙笑著轉移話題。「瞧你們小夫妻關係這麼好，娘比什麼都高興，去不去京城都無所謂了。不過啊，娘心裡還有一件大事。」

董嬤嬤這麼一說，所有人都看向她。

「什麼時候你倆能有個孩子，娘就真的放心了。」董嬤嬤笑道。

這下子，桌上所有人的目光都轉向了蕭清明和紀婉兒。

蕭清明的臉色好不容易變得正常，這會兒又泛紅了。為了掩飾尷尬，他倒了一杯酒往嘴裡灌，結果又咳了起來，臉整個漲紅。

紀婉兒心想：這個呆子！

瞧著蕭清明的反應，眾人都笑了起來。

董嬤嬤知曉女兒和女婿已經睡在一處。女兒生得這般好看，她相信很少有男子能忍住，女婿也不例外。如今再看女婿這反應，她想距離女婿和女兒圓房的日子應該不遠了。

飯後，董嬤嬤等人回家去了，雖然時間已有些晚，但有紀大忠在，紀婉兒並不擔心，她要擔心的人是蕭清明。

蕭清明從未喝過酒，今日卻一下子喝了那麼多，這會兒他正端坐在桌前，腰板挺直，雙手放在桌上，眼睛盯著面前的酒杯，滿臉通紅。

送走娘家人，紀婉兒便關上鋪子去看蕭清明了。瞧他這副模樣，她說道：「夫君，回房去吧。」

聽到紀婉兒的聲音，蕭清明側頭看向她，認真點頭道：「喔，好。」說完他便站起來朝後頭走去，結果還沒走幾步就踉蹌了起來。

紀婉兒連忙走過去扶住他，蕭清明盯著她看了一會兒，就任由她扶著了。

好在蕭清明就算醉了也很聽話，紀婉兒不禁放心了些。她真怕蕭清明醉了之後發酒瘋，那她就麻煩了。

不一會兒，紀婉兒就將蕭清明扶回房裡去，放到床上躺著了。當紀婉兒準備起身離開時，蕭清明卻抓著她的胳膊不放，她一時不察，直接倒在他身上。

怦怦怦……紀婉兒耳邊聽到的是如擂鼓般的心跳聲。這心跳聲，來自於蕭清明，然而漸漸地，摻入了另一個心跳聲。

兩道心跳聲夾雜在一起，徹底亂了節奏。

有時候，紀婉兒覺得他們兩個人雖然年紀輕輕的，成親也沒多久，相處起來卻像老夫老妻一般。跟蕭清明待在一起很舒服，沒什麼壓力，晚上她也喜歡抱著他睡，這讓她很安心。只不過，這會兒雖然也是抱著，感受卻完全不同了。

這回不是她主動抱蕭清明，而是蕭清明抱她；他身上的味道也跟平常不同，有一股濃烈的酒氣，讓人感到陌生。想起那日蕭清明也是突然親了她，紀婉兒的心不受控制地狂跳了起來。

過了不知多久，紀婉兒稍微恢復了一些神志，見蕭清明沒其他舉動，她便試著離開他的懷抱。可是才稍微拉開跟他的距離，她的腰上就傳來一股力道，整個人再次落入他的懷中。

蕭清明這是在裝醉?!

紀婉兒剛伸出胳膊推了推蕭清明，打算質問他，結果整個人就被翻過去躺在了床上。黑暗中，她看不清蕭清明的表情，只能感受到他身上的熱度，以及噴在臉上的酒味。

這樣的蕭清明實在讓人認不得，紀婉兒忍不住開口。「你裝……」

誰知她話還沒說完，嘴就被溫熱的唇給堵住了，紀婉兒頓時瞪大了眼睛。

若不是她親自扶回蕭清明，沒假他人之手，她都要懷疑面前此人是不是他本人了。這個蕭清明實在太大膽、太孟浪了些，完全沒了之前的害羞內斂。

這樣的他，讓人有點緊張，又莫名心動。紀婉兒正這般想著時，唇上的力道漸漸加大了。

雖說她主動親了蕭清明好幾次，可每回都只是往臉上蜻蜓點水，輕輕碰一下就離開；這是蕭清明第二次主動吻她，卻跟上次一點都不同，之前那個吻很輕柔，現在這力道也太大了一些。

紀婉兒好不容易平緩下來的心跳，漸漸又劇烈狂奔起來。慢慢地，她忘了自己在想什麼，雙手不禁抓住蕭清明胸前的衣裳，主動回應他。

過了許久，就在紀婉兒覺得自己快斷氣時，這個吻終於停止了。她喘著氣，努力平復自己的心跳。

就在此時，蕭清明溫熱的呼吸噴在她耳側，用低沈的嗓音說道：「娘子，妳且等著，用不了多久，咱們就能回京城了，為夫會帶著妳光明正大地回去。」

紀婉兒突然呼吸一滯，一顆心也微微發顫。

原來，席間蕭清明雖然沒說什麼，卻將董嬤嬤說的話都聽到了心裡去，甚至認為她也想回京城去。

靜默了許久，紀婉兒開口道：「你不必如此，盡力就好，回不回京城都行。」

其實她覺得現在這種生活挺好的，雖然非常忙碌，但看到客人喜歡她做的料理，她很開心，也很滿足。每天都在做自己喜歡的事情，還有賺不完的錢，而且喜歡的人就在身邊，在各自的領域努力向前邁進，這樣的狀態真是好極了。

聽到這話，蕭清明抬手摸了摸紀婉兒的頭髮，說道：「嗯，時辰不早了，睡吧。」說罷，他將她擁進了懷裡。

或許是因為蕭清明剛才做的事，又或許是因為他說過的話，紀婉兒一顆心亂糟糟的。然而，待在這個熟悉的懷抱中，又令她很是安心，過沒多久，她便漸漸進入了夢鄉。

第二日一早，蕭清明像往常一般醒了過來。看著窩在自己懷中的娘子，回想起昨晚發生的事情，一抹紅暈頓時爬上了臉龐。

昨晚……他竟然做了一直想做又不敢做的事情。

第三十八章 濃情密意

這段時間以來，蕭清明可說是不斷在忍耐。

從前不睡在一處還不覺得有什麼，如今娘子就睡在他的身側，還時不時親他一下，他內心並不像表面上這麼淡然。可他本性害羞，在娘子的目光下又太過緊張，什麼都不敢做。

那日一早也是在娘子的刺激下，才敢吻下去的。後來見娘子的反應越發冷漠，他後悔到不行、難受得不得了，整天魂不守舍，書都要讀不下去了。昨日藉著酒意，那些原先不敢做的事情就這麼付諸實行了。

這會兒，蕭清明又開始懊惱了，他怕紀婉兒醒過來後對他更加冷漠。

他正想著要不要在娘子醒過來之前趕緊離開，這樣他就不用承受她的漠視了，豈料懷中的人突然睜開眼睛看向了他。

見懷中的人張了張嘴，一副要說話的樣子，蕭清明一個激動，又低頭親了上去——他當時想的是，只要親上去，就不用聽那些他不想聽的話了。

然而，令蕭清明驚喜的是，紀婉兒竟然回應他了……喔，不對，昨晚她似乎也回應他了。想到這一點，他內心狂喜，漸漸加深了這個吻。

若沒有昨晚那股衝動，只怕他仍舊不會發現原來他們可以更進一步。蕭清明心想，酒，有時候真的是個好東西。

這一吻，一時半刻沒能停下來，等結束時，已經是一刻鐘後了。兩個人面色通紅，嘴唇也有些腫，但心中卻如同喝了蜜一般甜。

事後，蕭清明手忙腳亂地整理著自己的儀容，紀婉兒則是躲在被窩裡不出來，只露出一雙眼睛，眸光閃爍，靜靜地看著蕭清明狼狽的模樣。

雖然手足無措，蕭清明卻愉悅得無以復加，或者說，他從未像今日這般愉悅過。原本早上醒來時還因為宿醉覺得頭有些痛，這麼吻了一番下來，反倒是神清氣爽、精神百倍。

到了書院以後，蕭清明滿腦子都是這兩天發生的事，一想到紀婉兒，他渾身上下就充滿了力氣。紀婉兒這麼認真打拚，他也要更加努力才配得上她，才能早日實現她的願望。

這麼一想，蕭清明背書的速度比從前更快，學習起來精神也比以往集中了幾分。

紀婉兒今日心情好極了，逢人便笑，剛招來的、為她打下手的白嬸子說她今日紅光滿面的，雲霜和子安也都感受到了她的快樂。

晚上從書院回來的蕭清明自然感覺到了，不過，他的重點不是她的心情，而是覺得自家娘子越發好看了。

「要不要吃點消夜？」紀婉兒笑著問道。

「好。」蕭清明答道。書院裡管三餐，然而吃過晚飯還要再上一個時辰的課，所以這會兒他已經餓了。

吃麵時，他們就坐在廚房裡的小桌子旁，紀婉兒待在蕭清明對面，托著下巴盯著他；蕭清明也不說話，只默默吃著麵。兩個人偶爾看對方一眼，眸裡都充滿了笑意。

這一碗麵很快就吃完了，吃過麵之後，蕭清明沒再看書，洗漱完畢就和紀婉兒上床睡覺去了。

自從躺到床上，紀婉兒腦子就動個不停，想到昨晚和今早的事，她心裡既緊張，又充滿了期待。等到蕭清明熄了燈躺到她身邊，這種情緒達到了臨界點，她甚至能聽到自己怦怦的心跳聲。

此刻，蕭清明整個人也如同紀婉兒一般緊繃。昨晚他是藉著酒意才敢「動嘴」，今早則是因為害怕娘子罵他，糊裡糊塗做出來的舉動，這會兒人清醒得很，卻是有點退縮了。

儘管不敢採取行動，可那種美好的感覺又深深吸引著他，娘子身上的味道……實在是太磨人了。

「娘子，我可以親妳嗎？」黑暗中，蕭清明問了一句。

紀婉兒心想，這人可真是個呆子！她昨晚聽了他說的話，還以為他變得霸氣了，沒想到一樣這麼不解風情。

「如果我說不可以，你是不是就不親了？」紀婉兒故意反問道。

蕭清明抿了抿唇，內心的想法有些動搖，就在此時，一隻微涼的小手覆在他的手背上。

他心頭一顫，突然湧出一股衝動，如昨晚和今早一般，找到了折磨他許久的唇瓣。

被親得意亂情迷時，紀婉兒想著，還好他只是容易害羞而已，真正做起來還是大膽得很……

日子就這麼過著，半個月後，董嬤嬤休息時又來了鋪子裡。她本想問問女兒，聚餐那日她多嘴的那幾句有沒有影響他們夫妻的感情，然而在見到女兒的那一瞬間，她便全都明白了。

只見女兒臉蛋燦若桃李，眼睛如星辰般閃耀，提到女婿雙頰就泛起紅暈，一看便知她最近跟女婿的感情不錯。看來那天的事情並沒有影響女兒和女婿之間的關係，即便有所影響，也是朝著好的方向發展。想到這裡，董嬤嬤便沒再多提。

很快的，年關的腳步近了。

如今鋪子的生意穩中求進步，到了十一月月底這幾日，一天賺的錢突破了六百文錢。臘月初一那日，紀婉兒跟賬房丁先生一起盤賬，上一個月，總共賺了十三兩銀子。

來到縣城時，她幾乎把家底都花光了，如今短短幾個月就攢了將近三十兩銀子，狀況可真是超乎想像的好。

紀婉兒並沒有瞞著她娘，所以董嬤嬤知曉女兒鋪子大致上的收益。看來女兒的手藝在縣城一樣吃得開，比她當初預期的收入高出許多。

見女兒為了一個月賺十幾兩銀子而欣喜，董嬤嬤又想起了過去在京城的日子。那時候別說是侯府的小姐了，即便是他們這樣的奴僕，手裡少說也能有個上百兩銀子。

即便沒那麼多現銀，單單是主家賞賜下來的東西便夠值錢，要不然他們家也不可能在縣城買個鋪子。目前這收入雖然比女兒在鎮上賺來的多，可跟縣城很多鋪子相比來說算少，更何況是京城。

「女婿確定明年要參加秋闈是吧？」董嬤嬤提了一句。

紀婉兒點了點頭。不管是書上所寫，還是蕭清明透露出來的訊息，都可以肯定他是要參加的。

「那妳可要多準備些銀子了。」董嬤嬤提醒道。

紀婉兒頷首道：「嗯，明年八月考試，離現在還有八、九個月的時間，到時候應該能攢下百兩銀子。」

這件事她考慮過了，不僅如此，她還想到蕭清明考中舉人之後，第二年去參加春闈的事，也就是說，差不多後年春天，他們就會去京城了。

「若是女婿能考中舉人，到時候被授官，你們還不確定會去哪裡生活，趁著生意好，能多攢錢就多攢些，畢竟誰也不知道明日會發生什麼事。」董嬤嬤語重心長地說道。當年那件事對她影響太大了，現在她活得可謂是小心謹慎。

「嗯，我知道了。」紀婉兒道。

晚上躺在床上的時候，紀婉兒忽然想起白天董嬤嬤說過的話。

對於將來要去哪裡，她其實大概能預料到，不出意外，蕭清明會在翰林院任職，他們在京城估摸著最少也得待幾年。

這樣一來，她確實該多攢些錢，畢竟那可是京城，消費水準高。

第二日一早，剛打開門，紀婉兒就發現外面下雪了。臘月的天是真的冷，裹了裹身上的衣裳，她跟桂嫂子一起去買菜了。

買完菜回來，紀婉兒看了隔壁的鋪子一眼。這家甜水鋪子已經關門歇業了一個多月，不知何時貼上了出租的告示。

「咦？這裡要出租？」紀婉兒疑惑地問了一句。

桂嫂子順著她的視線看過去，說道：「幾個月前我就聽在那裡幹活的一個大姊說生意不好，主家早就不想做了。如今天冷，來吃甜水的人更少了，應該是租期到了吧。」

紀婉兒點了點頭。她是做餐館生意的，天氣冷不冷影響並不大，甚至可以說天冷生意還變得更好了，自然不清楚甜水鋪子的情況。

這一日，因為雪下得厚，到了晚上，生意並不好。紀婉兒瞧天色不好，便讓鋪子裡幹活的人趕緊回家去，早早歇業了。

關了鋪子後，瞧著廚房剩下的肉食與蔬菜，再看外頭飄個不停的雪花。紀婉兒覺得這時候就該吃些熱呼呼的東西，於是她找出了一個鍋子，準備晚上吃火鍋。

吃火鍋，最重要的是湯底，紀婉兒先熬起大骨湯，接著開始做調料。為了暖身子，她打算做辣的湯底，不過想到那日蕭清明跑了幾趟廁所，而且雲霜也怕辣，她就只做了微辣的。

至於蘸料，紀婉兒做了香辣、酸辣與麻辣口味的，想吃辣的能自行選擇，當然了，芝麻醬、香油這些蘸料也不能少。

如今開餐館，家裡最不缺的就是食材，幾乎要什麼有什麼，像是白菜、高麗菜、藕片、蘿蔔、香菇等蔬菜，以及羊肉、豬肉、雞肉等肉類，紀婉兒都準備了一些，還擀了蕭清明最愛吃的雞蛋麵。

大骨湯的味道，再加上調料的香氣，香味一下子就飄了出去，饞得雲霜和子安早早等在了廚房門口。

等東西備得差不多時，蕭清明一身風雪地出現在鋪子裡。

「你回來啦？趕緊洗手準備吃飯。」紀婉兒招呼道。

蕭清明看向桌子上的食材，表情有些疑惑，像是不明白今日這是吃什麼，不過他沒多說，洗手去了。

回來時，蕭清明就聽到娘子正跟弟弟妹妹介紹——

「……這叫火鍋，最適合冬日下雪時吃，尤其是辣味的，吃了之後身上都會發熱。蘸料的話，根據自己的口味調配，先少放一些，試試味道。」

聽到紀婉兒的說明，蕭清明終於知道面前的料理是什麼了。他早在書上看過，只是沒吃過，今日也是第一次見到。

「這不是標準的鍋子，明日我再去讓人做個鴛鴦鍋，一半煮辣的，一半煮不辣的，這樣就能根據每個人的口味選擇了。」紀婉兒說道。

紀婉兒拿了個燒炭小爐子放在桌上，很快的，鍋裡的湯就滾起來了。

「快點下食材吧。」紀婉兒催道。她教幾個人該如何下食材，又告知每種食材大概需要多久才能煮好。

沒多久，羊肉卷熟了，紀婉兒挾起一塊，沾了蘸料吃起來。羊肉卷入口那一瞬間，一股麻辣鮮香在嘴裡爆發開來，她被一種名叫「幸福」的感覺包圍住，差點哭了出來。

她已經好久沒吃火鍋了，平常不碰還好，如今一開始吃，就回憶起前世種種了。

「哇，真好吃啊……」子安瞪大了眼睛。他從沒吃過這樣的東西，覺得特別新奇。重點是，他原本不喜歡羊肉的羶味，可往湯裡這一涮，不僅沒了羶味，還格外好吃，讓他差點把舌頭都吞了下去。

雲霜不是特別能吃辣，東西剛放進嘴裡，她就有些不習慣，不過這湯頭不特別辣，屬於可以接受的範圍。此外，蘸了蘸料之後，辣味減半，變得更香、更可口了。

「真的很好吃。」雲霜評價道。她本以為自己已經把好吃的食物都吃了個遍，如今方才知曉世上還有這般美味的吃食。

「那你們多吃些。」紀婉兒笑道。

「好！」雲霜與子安應道。

紀婉兒看著蕭清明，見他迅速地消化著羊肉卷，便知他很喜歡。

鍋子下面放著熱通通的小火爐，鋪子內的角落也燃著炭火，雖然窗戶開著通風，紀婉兒還是覺得有些熱。今日她穿著高領的衣裳，冷的時候還不覺得，這會兒熱了就不太舒服了，涮料也不方便。脫掉外面那件衣裳之後，紀婉兒整個人暢快許多，繼續吃了起來。

席間子安和雲霜時不時讚嘆幾句好辣、好吃，或者問紀婉兒問題。

吃著吃著，坐在紀婉兒身側的子安瞧著她，突然問道：「嫂子，這麼冷，你們房裡還有蚊子嗎？」

紀婉兒有些不解，不明白子安怎麼會這麼問，但她還是答道：「沒有啊。」剛來那會兒是見過幾隻蚊子，後來天一冷就沒了。

「那妳的脖子怎麼這麼多紅點，不是蚊子咬的嗎？」

「脖子？」順著子安的目光，紀婉兒抬手朝自己的脖子摸去，可指尖剛一碰到肌膚，她頓時了解子安說的是什麼了。

瞧著子安天真無邪的眼神，紀婉兒尷尬到想找個地洞鑽進去，不過在那之前，她得拉上一個人。

紀婉兒轉過頭，瞪了同樣尷尬的蕭清明一眼。

見紀婉兒丟來責難的目光，蕭清明將視線從她泛著紅點的脖子離開，輕咳一聲，面無表情地跟弟弟解釋。「許是你嫂子的領子不舒服，有些扎人吧。」

子安一下子就相信了，說道：「哦，我還以為是蚊子呢，也是，這麼冷的天怎麼可能還有蚊子。」說罷便認真吃起火鍋。

紀婉兒盯著蕭清明，眼神意味深長，彷彿在譴責蕭清明欺騙孩子。

蕭清明笑了笑，挾起一筷子羊肉卷放在紀婉兒的碗中，若無其事地說道：「娘子，吃肉。」

紀婉兒又賞了他一記眼刀，才繼續吃了起來。

這頓飯吃了將近一個時辰才結束，每個人都吃得很開心。吃到最後，子安表示以後還想吃，紀婉兒爽快地答應了他這個要求。

吃火鍋的確很痛快，唯一不好的地方就是味道太重了，包括身上、頭髮上跟鼻間，全都是火鍋的氣味。

紀婉兒實在受不了這一點，收拾好以後就馬上去沐浴，在她的要求下，蕭清明的頭髮也洗了。

因為頭髮不短，洗完以後擦頭髮也是一件麻煩的事情，擦了不到一刻鐘，紀婉兒就煩了。

蕭清明沐浴完出來，就看到紀婉兒躺在床邊，頭髮往下垂。好在床沿比較高，不然頭髮就落地了。

「怎麼不擦乾？」蕭清明走近問道。

「唉，胳膊太累了。」紀婉兒抱怨道：「我先放著控一會兒水，休息一下再擦。」

聽到這話，蕭清明坐在床邊，拿起一旁的棉布仔細為紀婉兒擦拭起來。

「別幫我擦了，你頭髮還濕著呢，先為自己擦一擦。」紀婉兒道。她嘴上雖然拒絕，可身體卻很誠實，絲毫沒有要阻止蕭清明的意思。

「沒事，先幫妳擦乾，我一會兒再擦。」蕭清明一邊擦一邊說道。

紀婉兒半坐起來，把頭枕在蕭清明腿上，找了個舒服的位置，抱著他的腰道：「那好吧，你先幫我擦，一會兒你累了我再幫你擦。」

面對紀婉兒突如其來的靠近，蕭清明動作先是停頓了一下，隨即恢復如常。「嗯。」

隨後兩個人有一搭沒一搭地聊著天，許是蕭清明的動作太溫柔了，過沒多久，紀婉兒就昏昏欲睡，枕著他的腿睡著了。至於剛剛答應要為蕭清明擦頭髮的事情，早被她遺忘了。

第三十九章　口碑效應

隔天一早，紀婉兒是被蕭清明鬧醒的，一睜開眼睛，便瞧見他在親她。

「你幹麼呢……」紀婉兒迷迷糊糊地問道。

她完全不知道，自己剛醒時說話的口氣微帶嬌嗔，又睡眼惺忪的，對蕭清明來說有多麼誘人。

話剛說出口，嘴就被堵住了，紀婉兒接下來的抱怨只能吞回腹中。慢慢的，屋內的氛圍越發曖昧，只聽得到喘息聲。

忽然間，紀婉兒的脖子傳來一抹痛楚。「輕些！」她提醒道。昨日子安問的那個問題猶在耳邊，她可不想再經歷那種尷尬。

「嗯。」蕭清明答應了。

他嘴上是答應了，動作卻沒停，紀婉兒忍不住嗔道：「你再這樣，我就只能……只能穿高領的衣裳了。」

「天冷了，娘子的脖子還是保暖一些好。」蕭清明邊親邊說道。

自從大膽吻了紀婉兒之後，蕭清明就跟從前不太一樣了，在外頭雖然看起來跟往日沒什麼差別，但兩人獨處時卻變了副模樣。

最重要的是，紀婉兒發現他沒之前那麼聽話了！見蕭清明這般，紀婉兒忍不住掐了他的手臂一下，蕭清明這才收斂。

過了一會兒，到了蕭清明該去書院的時辰，待他出門，紀婉兒便補了眠，辰正起床。

對著鏡子，紀婉兒瞧著脖子上的痕跡，又是覺得甜蜜，又有些氣惱。

他們還沒進行到最後一步呢，蕭清明就這般能折騰人，若是跨過那條線，不知會變成什麼德行。男人果然都差不多，即便內斂如蕭清明也不例外。

這樣不行，她得晾他幾日，讓他清醒清醒才是！

沒多久，桂嫂子、盧嫂子跟白嬸子都來了，因為鋪子巳正才開門，所以阿遠和丁先生會來得晚一些。

桂嫂子瞧著紀婉兒的臉色，笑道：「您這氣色是越發好了。」

紀婉兒突然有些心虛，趕緊拉了拉領口，生怕別人看到什麼不該看的，又要打趣她。

「嗯，許是昨日睡得好吧。」

聊著聊著，幾個人一道去市場買菜了，今日的生意依舊很好，就算天冷，大夥兒幹活也很帶勁。

明。

晚上蕭清明回來，紀婉兒就故意不搭理他，她不斷跟子安和雲霜說話，就是不理會蕭清明。

這種事若是放在以往，蕭清明早就開始擔憂了，可他現在已經摸清了紀婉兒在這方面的反應。她會這般，定是惱了他早上的所作所為，但不會真的無視他。

紀婉兒不理他，蕭清明也不急。吃飯時該為她挾菜就挾菜、飯後也自動去洗碗刷鍋，等他回房時，果然就見她對他的態度好了不少，不會冷著一張臉對他了。

「娘子，妳今日累不累？」蕭清明主動搭話。

「還行吧。」紀婉兒回答得很是敷衍。

「今日生意如何？」蕭清明又問。

「還行吧。」紀婉兒維持同樣的態度，看也不看蕭清明一眼。

蕭清明瞥了紀婉兒的神色一眼，頓了頓，再問：「妳今日可有想我？」

「還……行……」第二個字的話音才剛出來，紀婉兒就趕緊收了回去，同時視線掃向蕭清明。

終於肯理他了……蕭清明心裡如是想。

紀婉兒有些惱怒地想，這個人最近怎麼越發無賴了，跟初見時簡直判若兩人！

「咳，為夫也是。」蕭清明答了一句。

他真是愈來愈會玩一些把戲了啊，紀婉兒心頭一動，頓時忘了自己到底為何要跟蕭清明置氣，不過——

「只是還行？」紀婉兒反問道。

「自然不是。為夫讀書時想的是娘子，磨墨時念的是娘子，作文章時亦是如此。」蕭清明看著紀婉兒，一本正經地說道。

這人何時這麼會說情話了，還說得有模有樣，不像胡謅的。

紀婉兒能感覺到自己的心狂跳了起來，心想還好目前的鏡子照得不夠清晰，不然看到自己那紅通通的臉，她一定想撞牆。

看著蕭清明那雙澄澈的眼眸，她實在是扛不住了，抬起手捶了一下他的胸口，嗔怪道：「你不好好念書，時時想著我做什麼！」

蕭清明一下子就抓住了朝他胸口捶的拳頭，回道：「因為一想到娘子，為夫就覺得做什麼都有勁。」

完了，哪裡需要清晰的鏡子，紀婉兒知曉，即便是最劣質的銅鏡，也能照出她那紅若晚霞的雙頰，這臉可是燙得她都嚇到了。

「你個呆子！」紀婉兒不禁怒道。

蕭清明知道娘子這氣算是消了，他乘勢將人拉入自己懷中，熟門熟路地找到想念了一日的唇瓣，親吻起來。

他過去從不知曉世上有這般美妙的事情，讓人時時念著、刻刻想著，內心也生出一種陌生的悸動。

親著親著，兩人從梳妝檯前移到了床上。窗外北風肆虐，雪花緩緩從空中飄落到地上，房內卻如春天一般溫暖……

過了兩日，紀婉兒就去找隔壁鋪子的東家了。

自從跟董嬤嬤聊過，紀婉兒就開始思考擴大經營的事。她如今租的鋪子面積有限，擺個六張桌子差不多，就算想增加客容量，最多也只能再放兩張桌子，除非找個大一些的地方，否則很難賺更多錢，不過，換個大地方也有不少要考慮的。

首先，大一點的地方不是沒有，但找到位置恰當的並不容易。況且，要真找到一個大些的地方，前期就得花費不少時間跟金錢裝潢，她未必能處理好。

再者，他們不會在縣城住太久，說不定新的鋪子經營狀況剛有了起色，他們就要離開了，這樣成本實在太高。

所以，她動了另開一間鋪子的念頭，還得開在附近才行，這樣才好利用目前鋪子的人氣直接帶動生意。

蕭清明兄妹三人那天對火鍋的態度，讓紀婉兒決定開間火鍋店。冬天火鍋定然受歡迎，若天熱時客人減少，也能改為餐館。仔細琢磨了幾日，紀婉兒覺得可行，昨晚跟蕭清明商議過後，今早便想著找東家了。

如今快要過年，租鋪子的人不多，甜水鋪子的東家本想藉著美味餐館的人氣漲一漲房租的，但他跟紀婉兒熟悉，還常常去人家鋪子裡吃飯，實在不好漲價，最後就跟紀婉兒現在租的地方一樣，要了二兩銀子。

租下新鋪子之後，紀婉兒立刻訂做桌子、餐具與鴛鴦鍋，又採購了爐子、炭火等物，也馬上招人。

火鍋店跟美味餐館不一樣，湯底、蘸料都是提前準備好的，因此不用做菜，可這麼一來，備料跟招呼客人就變得很重要，所以紀婉兒招的人以洗菜切菜跟跑堂的居多。人選一決定，就在美味餐館那邊培訓了幾日。

因為紀婉兒給的錢多，所以三日後東西就都做好了，鋪子也在臘月初八開張。第一日來火鍋店吃飯的人就不少，大部分是美味餐館的回頭客，因為相信紀婉兒的手藝，所以一聽這邊開了新鋪子就來嘗鮮，味道果然也沒讓他們失望。

雖說火鍋這種料理已經流傳多年，但並不是每個地方都有、人人都吃過的。縣城多年前有人開過，後來因為生意不好而歇業，從那以後這裡就沒人開過了，因此很多人都不曉得，反而覺得這種形式獨特的鋪子很新鮮。

跑堂的一個個教導客人們正確的食用方法，以及每種食材需要的烹煮時間。待一開鍋，聞到湯底的香氣，客人們立刻食慾大增，迫不及待地將食材下入鍋中。

羊肉卷很薄，放到鍋裡涮了一會兒就好了，搭配紀婉兒特調的蘸料挾起來放入口中，只覺又麻又辣，肉的口感鮮嫩非常，完全沒有羊肉的羶味。

「這涮羊肉真的是絕了！」有客人忍不住豎起大拇指稱讚。

就算讚了一句，也沒影響這位客人挾肉的速度。剛剛他只涮了幾片，這回就將盤子裡的肉全倒入鍋中，肉片熟了以後，在跑堂的提醒下，他不斷蘸著蘸料享用。

羊肉卷雖然價格高，但一日下來，卻是所有品項當中賣得最好的。能上得起館子的人，手裡都有些餘錢，他們就是想嘗些好吃的，若是美味，自然捨得花錢。除了羊肉卷，白菜、香菇、手打麵也賣出去不少。

因為鋪子開得比較急，只有羊肉卷和手打麵是費了些功夫另外做的，其餘都是原汁原味的食材。

紀婉兒想看看火鍋店這幾日的勢頭再打算，若狀況不好，就及時止損，立刻改為餐館，這樣就能與隔壁當成一間店經營了。

只是，紀婉兒沒想到火鍋店的生意會這麼好，她著實低估了天冷時火鍋對人們的吸引力有多強。雖然食材簡單，鋪子也沒怎麼裝修，可短短三日過去卻已經賺了二兩銀子，比現在的餐館賺得還多。

看著手中的賬本，紀婉兒笑得合不攏嘴。她聽說過縣城原先那家火鍋店的事，心情曾經很忐忑，畢竟若是因為生意不佳而關門，那很有可能是這邊的人不怎麼吃火鍋導致的，沒想到大家的接受度這麼高。

火鍋店這邊的生意實在太好了，紀婉兒索性多招了些人手，美味餐館多招了兩個幫廚，火鍋店多招了幾個跑堂的。餐館依舊按照蕭清明的作息排休，火鍋店則實行彈性休假，若是有人需要休息，只要提前申請，安排好其他人接手就行。

因為餐館那邊招了兩個幫廚，紀婉兒整個人輕鬆了不少。簡單的料理就讓這幾人去做，複雜的再由她動手，或者站在一旁指揮別人做。

只不過，火鍋店的生意這麼好，多少使隔壁餐館的來客量受到影響，因為一些老顧客都去了火鍋店，想嘗鮮的人也往那邊擠。這幾日，餐館每日賺的錢一直在六百文錢左右徘徊，沒再增加。

對於這樣的現象，紀婉兒倒也不特別在意，不管怎麼說，流失的顧客也是去自家鋪子，錢還是賺到她手裡了。

新招了兩個幫廚，美味餐館的客人卻沒增加，漸漸的，紀婉兒有了空閒的時間，可以去隔壁火鍋店轉一轉。

如今是冬日，這兩間鋪子都燃了炭火，不然客人可是會坐不住的，當然了，通風措施一定要做好才行。

雖然火鍋店因為桌上有火爐，所以燃的炭火少，不過一進火鍋店，紀婉兒還是覺得比隔壁更暖和幾分。

美味餐館那邊的客人大多安靜吃飯，談事情也壓低了聲音，火鍋店卻熱鬧滾滾，大家吃得興致高昂，盡情聊天不說，還隨處都能聽到讚美聲。

「夥計，你們這火鍋辣得真夠味！」

「鄧兄說得對，確實辣得很好吃。不過我覺得不是只有辣，而是有深度的辣，還辣得恰到好處。」

「你們家廚子可真厲害，隔壁的菜就做得很好吃了，這邊的火鍋更是不得了。」

「要我說啊，這麼冷的天，就該吃這個才是。本來還覺得有幾分冷意，吃了幾口，身上就熱了起來。」

「可不是?舒爽得很，就得吃辣的才夠味！」

見大夥兒讚不絕口，紀婉兒的心情也很好。拿過菜單，瞧著上面的食材，她決定準備一些其他火鍋料，豐富一下火鍋的內容。

各種肉丸子是不能少的，油炸丸子、豬血也要備一些，寬粉也好吃……這麼一想，十來種東西就出現在腦海中了。

今日是來不及了，明日倒是可以嘗試一下。

第二日一早，蕭清明一動，紀婉兒就醒了過來。

「今天怎麼醒得這麼早？」蕭清明有些詫異地說。

紀婉兒睏得很，勉強睜開眼皮答道：「今日我打算備些別的材料，得提前起來才行。」

瞧著紀婉兒睏倦的模樣，蕭清明突然有些心疼。「娘子，我雖然賺得不多，但足夠養活這個家了，妳不必這麼辛苦。」

聽到這話，紀婉兒清醒了幾分，努力睜開了雙眼。瞧著蕭清明眼中的不捨，她笑了，說道：「我知道啊，我家夫君最厲害了。」

蕭清明聽了，嘴角不禁上揚。

紀婉兒繼續說道：「可我喜歡做這些事情啊，並不是單純為了賺錢，而是因為我樂意。」

雖然她不否認新開一家鋪子是為了多賺點錢，然而聽到客人們稱讚她做飯好吃，她也會很開心，這種被人肯定的感覺是無可取代的。能用自己的手藝賺錢，為人帶來滿足和快樂，非常有成就感。

若讓她日日待在家裡什麼都不做，只靠蕭清明養，紀婉兒還真的做不來。即便蕭清明以後會成為權臣，她也絕不會當個無所事事的貴婦。

蕭清明看得出來，紀婉兒說這番話時眼眸中的認真與喜悅，是真真切切、無庸置疑的。他只是不希望她活得這麼累而已，但仍舊支持她的決定。

「嗯，若是覺得累了，就不要再這般下去。」蕭清明道。

「好。」紀婉兒答應了。

蕭清明去書院後，紀婉兒就準備起了昨日想好的火鍋料。等到火鍋店中午開門時，跑堂的便為客人介紹新加的幾種材料，不少客人聽了以後便點了。

這些火鍋料在紀婉兒的前世一向非常受歡迎，在現今的火鍋店也不例外。只能說，就算跨越了時空，有些事情還是不會改變的。

因為加入新的火鍋料，收入一下子暴增了，當日就賺了超過一兩銀子，這是紀婉兒開鋪子以來，日盈利最多的一次。火鍋店一兩多銀子，美味餐館六百多文錢，加起來一日賺了一兩七錢左右。

等到蕭清明晚上回來，就看到紀婉兒坐在床上傻笑。

他脫下外衣掛在一旁的架子上，抬步朝床邊走了過來，問道：「今日怎麼這麼開心？」

紀婉兒衝著他笑了笑，說道：「你猜火鍋店今日賺了多少錢？」

見她這個模樣，蕭清明便知賺了不少。娘子之前偶爾會跟他提起鋪子裡的生意，他知道餐館一日能賺五、六百文錢，至於火鍋店能賺多少，娘子沒提過，他便不知曉。

應該不少，要不然娘子不會這般開心……「跟餐館差不多？」蕭清明猜道。

紀婉兒搖了搖頭，臉上仍舊帶著笑。

「那就是比餐館多了。」蕭清明說道。

紀婉兒笑著點了點頭。

「七百文錢？」

「不對，再猜。」

「八百文錢？」蕭清明又道。

見紀婉兒仍舊搖頭，蕭清明看著她的表情，頓了頓，問道：「難不成有一兩銀子？」

紀婉兒的笑意加深，點頭道：「是啊，被你猜對了，有一兩銀子。」

蕭清明著實驚訝不已。他自己抄書賺過錢，知曉錢有多難賺，沒想到娘子一天竟然可以賺這麼多。

瞧著紀婉兒臉上的得意，蕭清明捏了捏她的臉頰道：「婉兒，妳可真棒！」

印象中，蕭清明從未喊過她的名字，乍然聽到，紀婉兒心頭不禁一跳。

第四十章　啟人疑竇

瞧著自家娘子呆愣的模樣，蕭清明覺得實在萬分可愛，忍不住抬手摸了摸她的頭髮。

紀婉兒忽然覺得蕭清明把自己當成孩子似的。這是從什麼時候開始改變的？她一向獨立自主，蕭清明總是呆呆的，除了讀書什麼都不懂，看起來一副不能自理生活的模樣，他們當中更需要被照顧的人明明是蕭清明，現在怎麼變成她了？

紀婉兒張了張口，想說些什麼，可一抬頭，瞧見蕭清明眼眸中濃烈的感情，她就覺得這有什麼好說的呢？雖說角色轉換了，可是她並不討厭這種感覺，不僅不討厭，還挺喜歡的。

能被人這樣捧在手心寵著，真好。

紀婉兒衝著蕭清明笑了笑，伸手環住他的腰，將頭靠在他的胸前蹭了蹭。「既然你家娘子我這麼好，那你可得好好珍惜我，對我好一點。」

「嗯。」對於紀婉兒的主動親近與示好，蕭清明很是受用，同樣環住了她，手有一下沒一下地摸著她的秀髮。

雖然嘴上應得簡單，但蕭清明內心卻沒這般平靜。他暗暗發誓，一定要更加努力，爭取明年秋闈能中舉。

火鍋店的生意蒸蒸日上，不僅收入一直創新高，排隊等候的人也愈來愈多，到了十五這日的用餐尖峰時段，外面排了近十桌人。

雖說紀婉兒早就為排隊的客人準備了點心和熱茶，可這麼冷的天，一等就是將近半個時辰，料理再美味，耐心也會被磨掉的，像是這天就有兩桌客人等不及，提前離開了。

這不是第一次了，只是之前等的人少，今日格外多，便突顯了問題的重要性。看著離開的客人，紀婉兒覺得這樣下去不是辦法，經過幾日的反覆思考之後，她漸漸琢磨出一個法子。

這間鋪子跟他們在隔壁租的一樣，後面也有院子，院子裡有四個房間。美味餐館後面的院子供他們一家人居住，這邊的院子則一直空著。紀婉兒打算收拾這些空著的房間，再弄些桌子進來，當作吃火鍋的包廂。

說做就做，等到用餐的人潮散了一些，紀婉兒就將幾個跑堂的小夥子叫過來，迅速收拾出了兩個房間，不過她只打算用其中一間。

隨後，紀婉兒請人打造了同款的桌子和鴛鴦鍋，為了第二日就能用上，她花了兩倍工錢。至於另一個房間的物品，紀婉兒並不著急，放著慢慢讓人做。這個房間只是預備著而已，真的有需要時才會啟用。

加了一個包廂之後，外面基本上沒有排隊的人了，收入也在不斷增加，隨著時間過去，兩邊鋪子的收入加在一起，一日就能賺二兩銀子了。

紀婉兒深知張弛有道的重要性，生意再好，也不能不稍微喘息，只有適度休息，才能走更長遠的路。臘月二十六那日，鋪子歇業了。

根據進鋪子工作的時間長短、幹活優劣，紀婉兒發給每個員工不同數額的紅包，最多的有一兩銀子，最少的也有一百文錢，大家臉上都喜氣洋洋的。

過年這種節日，紀婉兒他們本應回蕭家村的，但是完全沒有人提起。董嬤嬤他們也沒回去，於是兩家人決定一道過年。這是紀婉兒來這裡以後第一次過年，有蕭家人與娘家人陪伴，令她分外珍惜。

蕭清明明年要參加秋闈，所以即便放了假，他每天也都會讀一會兒書；紀懷京和子安待在一塊兒研究習題，雲霜則是跟著紀婉兒與董嬤嬤準備年貨。

饅頭、油炸物、餃子，這些都是過年必備的東西，這個年夜飯，他們就在鋪子裡圍爐，大夥兒聚在一起，熱熱鬧鬧過了一個格外特殊的年。

雲霜看著面前的吃食，陷入了沈思。直到現在為止，她依舊常常覺得這一切像是一場夢。

去年過年時，她還吃不飽飯，弟弟也常餓得偷哭。那時兄長日日顧著讀書，他們沒人聞問，她也不敢跟自家兄長吐露心聲，不管誰來問，她都說自己很好。況且，雲霜知道兄長也吃不飽，他們兄妹三人的日子過得很艱難。

如今，這頓年夜飯超乎她想像的豐盛，許多沒見過的菜色擺在眼前等著她品嘗，可說是她有生以來第一次的經歷。別說過年了，她平常不僅能吃飽，還能吃好。往常吃不到的雞蛋，這會兒可以隨便吃；老宅都很少買的肉，她也能隨意挑選。

他們現在過得這麼好，可老宅那邊的人還在蕭家村待著，或許正在享用如往年一般「豐盛」的年夜飯吧……

雲霜正想著呢，面前突然多了一筷子羊肉卷。

「發什麼呆，快吃啊，妳再不吃，肉就要被懷京和子安搶光了。」紀婉兒笑道。「火鍋就是要大家一起涮、搶著吃，才會更美味。」

雲霜回過神來，看向身旁那個人。

是啊，這一切都是託嫂子的福。是嫂子帶著他們賺錢，是嫂子領著他們去了鎮上，又來到了縣城，牽著她走進一個她從未想過的美好世界。

雖說旁人都稱讚她家兄長厲害，可雲霜知道，最厲害的人不是兄長，而是嫂子。有些中了秀才的人一樣過得不好，這表示中秀才不一定能改變什麼，所以這一切都是嫂子的功勞，若是沒有嫂子，眼前的一切都將化為烏有。

「多謝嫂子。」雲霜發自肺腑地說道。

紀婉兒以為雲霜在謝她為她挾了羊肉卷，笑著說：「謝什麼，快吃吧。」

「好。」雲霜點頭道。

見雲霜吃了，紀婉兒便轉頭看向火鍋，卻見剛剛涮好的羊肉卷全沒了，心想吃火鍋果然得眼明手快才行。

紀婉兒正這麼想著，一低頭，卻發現自己碗裡多了兩塊肉，不禁略感詫異。她不記得自己方才挾肉了啊……

微怔片刻，她側頭望向身側的蕭清明，只見他從鍋裡撈了一些寬粉，放到了她的碗中。

「娘子，寬粉煮了好久，快吃吧。」蕭清明衝著她笑了笑。

紀婉兒嘴角不禁上揚，低聲道：「多謝夫君。」被人照顧的感覺，真的很好。

一片氤氳中，氣氛溫馨美好，有什麼東西，在漸漸生根發芽。

過年後，火鍋店的生意依舊很好，紀婉兒又往菜單添加了一些火鍋料，每日能賺個二兩銀子。

美味餐館的收益也在上漲，不過沒有火鍋店漲得多，一日約能賺七百文錢。即便遠不如火鍋店賺錢，但對這間鋪子來說不少了，中午用餐時段有時還要排隊。

這日中午，外面的客人一直很多，紀婉兒忍不住揉了揉痠痛的肩膀，覺得這樣下去不行，她得想個法子。即便招了兩、三個人打下手，可隨著點特色菜的客人愈來愈多，她經常得親自出馬，已不如當初剛有幫手時來得輕鬆。

事實上，一日當中最忙的時候，也就是這一會兒，其他時候都還好，所以重點是如何有效運用人力。

晚上蕭清明一回來，就察覺紀婉兒不對勁。「怎麼了，今日遇到不開心的事情了？」他問道。

以往若是發生令人不快的事情，紀婉兒都會告訴他的，今日瞧她眉頭微皺，蕭清明便如此猜測。

見紀婉兒搖了搖頭，他又問道：「那是為何？」

紀婉兒知曉蕭清明讀書辛苦，而且這件事她已經有想法了，便道：「沒什麼，就是在想如何出更少的力，賺更多的錢。」

聽到這話，蕭清明揉了揉紀婉兒的頭。「為夫相信娘子一定可以想到的。」

「那當然嘍，畢竟我這麼厲害。」

「是啊。」看著紀婉兒自信的模樣，蕭清明的眼神越發溫柔。

法。

紀婉兒思來想去，覺得最快速的解決方法就是招廚師，再拿出一招前世常見的行銷手法。

第二日，紀婉兒推出了一項新業務，就是接訂單送外賣，這樣既能緩解中午的忙碌，又能多賣些吃食。

紀婉兒不止招了一個廚師，還另外招了兩個人專門送外賣。剛開始她不放心，就先讓跑堂的去送外賣，新來的兩人在鋪子裡跑堂，等到新人熟悉了工作，才讓他們在外頭跑。

剛有外賣項目時，下訂單的人並不多，三日加起來才送了十來份。紀婉兒難免有些納悶，心想外賣在現代那麼受歡迎，怎麼在這裡就不適用了？

就這麼過了十日左右，眾人終於發現了外賣的好處。下了訂單，就能直接把菜送到指定的地點，只是要按照路程遠近多付一文到五文錢不等；如果點的菜夠多，就免費配送。吃得起館子的都不是窮人，多花幾文錢就不用走路跟排隊，能在自家享用美食，何樂而不為？

外賣這個選項瞬間竄紅，雖然送餐的範圍只限縣城內，可一日當中，光是中午就能送二十來份，晚上也能送十來份。

因為這些料理是提前訂好的，所以不僅解決了座位不足的問題，還能減少食材浪費。

這一天，蕭清明剛返家，就發現一直愁眉不展的娘子又有了笑容。「事情解決了？」他問道。

「嗯。」紀婉兒笑著點頭。

距離現在不到半年的時間，蕭清明就要參加秋闈了，最近他的壓力大了不少，見紀婉兒開心，他的心情也好轉了幾分。

當晚躺在床上時，蕭清明主動朝紀婉兒靠了過去。

兩個人已經多日沒太過親密的舉動了，今日蕭清明一靠近，紀婉兒就緊張起來，回應得也比從前熱烈了幾分。

「小別」勝新婚，雖說這不算是小別，但他們都感覺到了久違的悸動，漸漸地克制不住自己。

直到察覺身上有些涼意，紀婉兒才發現彼此有些越線了，她不禁抬手輕輕推了一下蕭清明。

蕭清明瞬間回過神來，看著自己剛剛做過的事情，理智回歸了幾分，翻身躺到了一側。

兩人躺在床上，努力平復劇烈的心跳。

此刻紀婉兒的心情可說是有些複雜。雖說她方才第一個反應是推開蕭清明，可當他真的離開後，她內心又有一股說不出的失落。若是讓她開口挽留，她開不了口；可是什麼都不說吧，又覺得不太妥當。

就在此時，蕭清明掀開被子去了隔壁，沒多久就傳來了水聲。

紀婉兒不傻，自然知道這水聲代表什麼意思，剛剛蕭清明的身體反應，她能很直接地感受到。不知怎的，她忽然有些愧疚。

過了一會兒，蕭清明回來了。

「涼嗎？」紀婉兒心裡有很多話想說，可到了嘴邊卻變成這兩個字。

蕭清明似是沒料到紀婉兒會問這個問題，他微微怔了一下，臉上爬滿了紅暈，有些手足無措地說道：「咳，睡吧。」

「喔。」

紀婉兒已經習慣抱著蕭清明睡了，可一想到剛才發生的事情，又有些退縮了。她都拒絕了蕭清明，他還因此去洗了冷水澡，若是她這會兒再去「招惹」他，是不是不太好？

琢磨了一會兒，紀婉兒放棄了，乖乖地平躺著，漸漸睡去。

蕭清明等了許久也沒等到娘子過來抱他，他轉頭看著躺在身側的人，伸手將她擁入懷中。

董嬤嬤不放心女兒，這日做完裁縫鋪子的活兒就過來了。不過她的擔心是多餘的，瞧著鋪子裡忙碌卻井然有序的景象，她越發為自己有這麼一個女兒感到驕傲。

說起對孩子的期望，董嬤嬤過去主要將希望寄託在兒子身上，至於女兒，她是喜愛跟疼愛，倒沒指望她能有多能幹，只要女兒嫁的對象有成就，能讓她不吃苦、健康快樂就好。如今看到女兒這般厲害，才驚覺她的潛力實在驚人。

等到鋪子裡沒那麼忙，董嬤嬤就去跟女兒說話了。「娘瞧著鋪子裡的生意是愈來愈好了。」

一提到生意，紀婉兒就笑了，說道：「嗯，最近還不錯。」

「照這樣下去，娘就不用擔心妳將來去京城要受苦了。」董嬤嬤總算放寬了心。

紀婉兒回道：「娘儘管放心，不會的。」

聊完兩間鋪子的狀況，董嬤嬤打量了女兒一番，說道：「妳怎麼愈來愈瘦了？別忙到忘了吃飯，錢慢慢賺就是了，傷了身體可不好。」

紀婉兒淺笑著說道：「沒事的，娘，我沒虧待自己。」

其實她覺得瘦下來挺好的，剛在這裡做火鍋時，她三、五天就要吃一次，而且冬天本來口腹之慾就大，常常一不小心就吃得太多，人也慢慢圓了。如今春暖花開，天氣沒那麼冷，火鍋吃得少，身材自然回復了許多。

瞧著女兒臉上的笑容，董嬤嬤突然有了個想法，低聲問了一句。「妳不會是有了吧？」

紀婉兒喝到一半的茶差點噴了出來，嚥下嘴裡的茶後，她搖搖頭道：「怎麼可能，不會的。」

聽到這話，董嬤嬤很是失望，不過她很快就重拾信心道：「妳沒生過孩子，不懂這種事，說不定真的有了。改日去請郎中看看，可別因為太累，讓孩子給掉了。」

紀婉兒有些無奈地說道：「娘，您真的想太多了，我不可能有身孕的。」

董嬤嬤忍不住拍了一下女兒的手背，碎念道：「怎麼就不可能了？妳跟女婿的身體都好好的，不可能沒……」

話說到這裡，董嬤嬤頓了頓，眼神瞬間變得犀利，斂起了臉上的期盼。她上上下下、仔仔細細地打量了女兒一番，問道：「妳跟女婿不會還沒圓房吧？」

此話一出，紀婉兒瞬間啞口無言，流露出了尷尬的神色。

瞧著女兒的反應，董嬤嬤還有什麼不明白的？她皺了皺眉，鄭重地問道：「你倆成親這麼久了，怎麼還沒圓房？」

她可是瞧得分明，自從來到縣城，女婿就對女兒愈來愈好，只要女兒在他身旁，他一雙眼睛就沒離開過她，怎麼就沒有圓房呢？難不成……

「女婿不會是有什麼問題吧？」董嬤嬤一臉懷疑地問道。

她女兒長得這麼好，哪個男人不動心？即便是不動心，這麼一個嬌滴滴的姑娘日日躺在身側，又有哪個男人忍得住？

蕭清明這一日返家時聽說岳母來訪，便想著趕緊過來打招呼，結果才剛到房門口，就聽到了岳母和娘子的談話。

察覺對話的內容，他是進門也不是、不進門也不是，在門口兜轉個不停，直到聽到岳母提出的這個問題，他再也無法保持淡定。

房間裡，紀婉兒立刻反駁。「怎麼可能？他沒問題的！」

雖說兩人還未走到最後一步，但透過前面那些行為，她知曉蕭清明是正常的，尤其是前幾日，兩個人差點就……

然而，在反駁完董嬤嬤後，紀婉兒也有些不確定了，因為書中的蕭清明在離了原主之後，的確一直沒有女人。

「不會……不可能的。」紀婉兒像是在說服自己一般，又強調了兩遍。

第四十一章　水乳交融

董嬤嬤盯著坐在自己面前的女兒，皺了皺眉。「既然女婿沒問題，你倆為何還未圓房？」

面對董嬤嬤的提問，紀婉兒著實不知該如何回答。她一向覺得這種事講究的是水到渠成，不必刻意為之，若是兩個人的感情沒到那一步，就沒必要勉強自己。

可在經過董嬤嬤這一番質問之後，她也不確定蕭清明是不是有問題，不過她絕不能在董嬤嬤面前這樣說。

「娘，我跟清明好著呢。時辰也不早了，要不您早些回去吧？」

董嬤嬤看著女兒心虛的表現，就覺得自己猜對了，心情不禁變得有些沈重。原本特地給女兒找的好夫君中了秀才，前途正不可限量呢，哪知竟有這種毛病。

眼瞧女婿應該快要回來了，董嬤嬤並未多待，先回家裡去了。今日受到的刺激實在太大，她得回去消化消化才行。

送走董嬤嬤，紀婉兒就往房間走去，可一進去就看到蕭清明已經坐在裡面了。「夫君，你回來了？」

「嗯。」蕭清明沒多說什麼，去一旁看書了。

不知是不是董嬤嬤的話產生了作用，紀婉兒今日怎麼看蕭清明都覺得不對勁。她打量了他幾眼，見他一直在專心看書，便沒多加打擾，沐浴完後就躺到了床上。

過了一會兒，蕭清明闔上書去沐浴了。他回來後就吹滅了房裡的油燈，往床上躺下，隨後兩人就這樣靠在了一起。

一切都如往常一般，唯一不同的是，今日蕭清明在親吻紀婉兒時，她滿腦子都是方才董嬤嬤說過的話，對他的身體狀況很是好奇，然而在感到疑惑的同時，她又不敢開口問蕭清明。

正這麼想著，脖子卻突然有些刺痛，紀婉兒忍不住抱怨道：「你幹麼呢，不是說過了嗎，輕些，你這樣我明日怎麼見人？」

蕭清明抬眸看向紀婉兒，沈聲道：「娘子，專心些。」

「……喔。」紀婉兒心想，蕭清明真的跟從前很不一樣，人不僅看起來沈穩多了，偶爾還會流露出令人意想不到的強硬。

紀婉兒才應完這一聲，嘴唇就被人堵住了，等她暫時放下腦海中的奇怪想法，這才察覺到了蕭清明的異常。

雖然她說不出他到底哪裡不同，卻能清晰地察覺到他的反常。感覺上，他的力道似乎比往常大了一些，動作也更具侵略性，直到吻得她快要喘不過氣，這才停了下來。

「你輕些。」紀婉兒微微皺眉道。

「嗯。」蕭清明應道。

雖說他嘴上應了，可狀況卻沒改善，直到過了許久，紀婉兒終於確定這不是自己的錯覺，蕭清明的舉動確實跟平常有出入。她身上雖然沒有手錶，卻能感受到今晚兩人溫存的時間比之前要久一些。

不知怎的，紀婉兒覺得現在的情況就像前幾日那樣快要踩線了。

「你……」她忍不住抬手推了推蕭清明，但她的力氣就如小貓一般輕得像是在搔癢。

蕭清明不像之前那般自動離開紀婉兒身上，反倒如磐石一般一動也不動。他伏在紀婉兒耳邊問了一句。「娘子，可以嗎？」

紀婉兒渾身一震，整個人頓時清醒過來。

可以嗎？這種問題讓她怎麼回答啊？紀婉兒第個一反應是拒絕，可話到了嘴邊卻是怎麼都說不出口，因為似乎不是不行……

董嬤嬤的話言猶在耳，就算好奇心會殺死貓，紀婉兒也想知道蕭清明到底有沒有問題……

想到這一點，她的臉龐瞬間熱了起來。

就在此時，她的耳邊又響起一道沙啞的聲音。「娘子，妳不是想知道為夫的身體是否有恙嗎？不如親自檢查一下吧。」

紀婉兒腦袋中「轟」的一聲炸開了——他怎麼曉得她在想什麼?!

不對，他是怎麼知道這件事情的？難不成……剛剛他聽到了?!怪不得她覺得他今日怪怪的！

背後議論旁人就算了，偏偏還是這種事情，紀婉兒覺得尷尬極了。

沒有得到她的答覆，蕭清明又問了一句。「娘子意下如何？」

表面上他是在問紀婉兒的意見，可身體卻早已付出實際行動，壓根兒沒等她回答。

別看紀婉兒平常在蕭清明面前厲害得很，真到了這個時候，還是只能任由他擺布。在某些事情上，有的人真的是無師自通，學習能力極強，她不得不佩服。

紀婉兒不知道這一晚是怎麼度過的，在極度的緊張與害羞當中，她只覺得整個人如同在暴風雨中飄搖，像是丟失了自己一般。

這一晚，她很清楚地知道蕭清明身體正常得很，也明白有些事情並不像她想像中那麼美好。

蕭清明跟紀婉兒的感受恰恰相反。看著昏睡在懷中的娘子，蕭清明覺得她的體力實在太差了，有些事情也比他幻想中更美妙，讓人食髓知味，不願結束。

隔天蕭清明早早就起了床，紀婉兒雖然也如往常一般醒來，然而她卻疲倦至極，沒辦法立刻起身。

看著蕭清明精神百倍、心情舒爽的模樣，紀婉兒內心不平衡極了，不了解為何男女之間的差異如此大。

瞧紀婉兒一臉疲累，蕭清明低頭親了親她的額頭道：「娘子，今日不如歇業一天，好好休息？」

紀婉兒不禁抬手打了蕭清明一下，道：「不要。」她雖然累，但可不是只能窩在床上躺著，什麼都做不了。

蕭清明揉了揉她的頭髮道：「好。那妳不要太辛苦。」

「嗯。」紀婉兒有些不情願地應道。

今日一整日，蕭清明臉上都帶著笑，有時甚至會笑出聲來；紀婉兒則是無精打采，而且一有機會就坐下來休息。

鋪子裡的員工都過來關心她，可這種事情又怎好跟旁人講，紀婉兒笑了笑，只說是最近太累了。

這晚，一躺到床上之後，紀婉兒故意離蕭清明遠了一些。

瞧到自家娘子這反應，蕭清明還有什麼不明白的，看來是他昨晚嚇到她了，這可不好。見蕭清明想靠過來，紀婉兒就開始往床的裡側縮，可她挪一尺，他就近一尺；她挪兩尺，他就近兩尺。

退無可退之下，紀婉兒撒嬌道：「夫君，我累了……」

這軟綿無力的嗓音，再配上楚楚可憐的表情，蕭清明感覺自己的心都要融化了。他強忍住衝動，撫摸了一下紀婉兒的頭髮，啞著嗓子道：「嗯，這幾日妳好好休息。」

得到了蕭清明的保證，紀婉兒終於放寬了心。她在蕭清明的懷裡找了個舒服的位置，環抱著他漸漸入睡。

經過昨晚，這種情況對蕭清明而言無異於酷刑，有些事情，真的是甜蜜的負擔。

蕭清明雖然內心極度渴望，但他履行了承諾，說不碰紀婉兒就不碰。儘管如此，這幾日他們之間仍有不少極度親密的舉動，有時候紀婉兒都想開口放行了，蕭清明卻沒有進一步的動作。

外賣實行後的第二十日，美味餐館的日盈利終於突破了八百文錢，兩個鋪子加起來一天就能賺三兩銀子，這樣一個月就要能有一百兩了。晚上紀婉兒看賬簿時，臉上寫滿了笑意。

此時蕭清明恰好沐浴完回來，瞧著散著頭髮坐在床上傻笑的娘子，他湊過去看了看她手中的賬簿。「什麼事讓娘子這麼開心？」

「當然是鋪子的生意愈來愈好了，說不定咱們這個月能賺上一百兩。」紀婉兒笑瞇了眼，語氣難掩驕傲。

瞧著眼前這燦爛的笑容，蕭清明嘴角跟著上揚，他抬手點了點紀婉兒的鼻子道：「我家娘子最能幹了。」

聽到他的稱讚，紀婉兒的表情更得意了。

看著笑靨如花的紀婉兒，蕭清明又想到了那晚，一顆心突然激動起來。他喉結微微滾動，問道：「娘子，妳今日累嗎？」

紀婉兒以為蕭清明只是煩惱她的身體狀況，沒多想便回道：「不累啊！如今兩間鋪子的生意全都步上了正軌，不用我操心。」

「嗯，不累就好。」蕭清明的眼神忽然變得火熱。

紀婉兒毫無所覺，她想了想，也關心起了蕭清明。「倒是夫君，你讀書太辛苦了，要勞逸結合，別累著自己了。」

「只要娘子不累就好。」

說罷，蕭清明垂眸看了紀婉兒手中的賬簿一眼，伸出修長的手指抽走賬簿，放在一側。

「為夫白日裡只動了腦子，沒動身體，不累。」蕭清明又補充了這麼一句。

看到賬簿被拿走，紀婉兒正想說些什麼，聽到這話以後先是頓住，再望向蕭清明的雙眸，突然間就明白他想做什麼了。

嘗過滋味的男人跟從前不一樣了，蕭清明再也不是被她一挑逗就會臉紅、她說什麼都會照做的人。她明明說「不」，他卻做得更過分，真的是讓人好氣！

明日……等到明日，她一定要找蕭清明算賬，好好跟他說一說。

筋疲力盡之時，紀婉兒腦海中迴盪著一句話——白天動腦子，晚上動身體……

隔天醒來時，紀婉兒發現自己窩在蕭清明的懷中。

抬眼望去，眼前之人皮膚白皙、薄唇緊抿、鼻梁高挺，下巴不知何時長出了一些青色的鬍碴。想到昨日這些鬍碴掃過皮膚的感覺，紀婉兒的雙頰微微紅了起來。

這張臉明明看了無數遍，昨晚還被她厭棄了一會兒，怎地今日突然害羞起來了呢？

就在此時，蕭清明睜開了雙眼，紀婉兒一時不察，凝視他的行為就這麼被逮個正著，她瞬間有些慌亂。

蕭清明一睜眼就瞧見他夢裡出現的人。想到昨晚的事情，他有點擔心她不高興，可這會兒察覺她眼底的慌張，那一絲擔憂一下子就被他拋在腦後了。

自家娘子就像隻被獵人盯上、驚慌失措的小兔子一般可愛極了，讓人忍不住想欺負她……

紀婉兒還沒張口，嘴唇就被人堵住了。

這次的吻跟從前蕭清明的早安吻給人的感受不同，不是溫存細密，而是更具侵略性，讓人心跳加速，就連那鬍碴也扎得人特別難受。

紀婉兒本該討厭這種感覺的，可不知為何覺得有些刺激，令她心癢難耐。

眼看臨近去書院的時間，蕭清明及時停下了動作，出去沖了個冷水澡。

逃過一劫的紀婉兒躲在被窩裡，幸災樂禍地輕聲說了句。「活該！」

接下來，蕭清明像是打開了什麼開關，白天還是一個溫潤如玉的翩翩公子，晚上就化身成野狼，搞得紀婉兒日日睏倦。

董嬤嬤再度來鋪子探望時，只打量了女兒一下，就笑了。

她是過來人，又在大宅門裡見識了不少事情，女兒這疲憊的模樣不難說明發生了什麼。

「跟女婿圓房了？」董嬤嬤明知故問道。

紀婉兒的臉一下子就紅了，她輕咳一聲，看了看四周，低聲道：「娘，您說什麼呢？」

「還害羞上了？你們都成親多久了，這種事有什麼好害羞的？」董嬤嬤打趣道。女兒和女婿已經順利圓房，算是了卻她一樁大心事了。

待了不到一個時辰，瞧著天色快黑了，董嬤嬤便要離開。臨走之前，她頓了頓步子，又回頭看向女兒。

「娘，您這是有話要說？」紀婉兒發覺董嬤嬤從剛剛就一直盯著她看，一副欲言又止的模樣，她著實猜不到董嬤嬤想說什麼。

「嗯……那個，那什麼，女……女婿需要專心念書，妳別太纏著他了。」董嬤嬤難得說話有些結巴。女兒跟女婿感情好，她本該開心才是，可又怕這小倆口不知輕重，誤了大事。

聽到這話，紀婉兒的臉瞬間漲紅。

「娘，不是我，是他。」紀婉兒為自己辯解。這個黑鍋她可不背！

瞧女兒這標緻的模樣，董嬤嬤也覺得女婿興許是把持不住，然而她身為岳母，這種話不可能對著女婿講。她寧願女婿考不上舉人，也不願女兒和他關係變得生疏，中間插了別人進來。

「罷了，你們儘量收斂些吧。」董嬤嬤不再多說什麼了。

這天晚上，蕭清明發現自家娘子的神情跟昨日不太相同，他不禁用疑問的眼神看著她。

紀婉兒抿了抿唇道：「我累了。」

蕭清明的動作未停，不以為意地說道：「嗯，娘子休息就好，為夫自己來。」

「不是這個意思，我是說……」話未說完，她又被淹沒在一陣濃情密意中。

過了許久，紀婉兒躺在蕭清明懷中，有一下沒一下地摸著他臉上的鬍碴。

「不是再幾個月就要考試了，你晚上不讀書嗎？」

「充分休息過後，讀書才能更有效率。」

紀婉兒倒是認同這句話。想起下午董嬤嬤說過的話，她猶豫了許久，問道：「你會不會因為我而耽誤了讀書？」

她記得之前蕭清明說過，讀書時、吃飯時、睡覺時都念著她。雖然她喜歡蕭清明心中時時刻刻有她，但也擔心這樣會影響他學習。拿她自己當例子，前世讀書的時候，只要一分心，她就沒辦法完全將精力放在課業上了。

「怎麼會？娘子向來都是為夫讀書的動力，何來耽誤之說？」蕭清明道。

對他而言，自家娘子是他看齊的目標，是他想守護的人，為了早日前往京城，他只會更有動力用功。

紀婉兒放心了許多，抬頭親了蕭清明的下巴一下，笑道：「那就好，你就為了我好好認真讀書吧，別總是想著我。」

蕭清明本來已經沒想法了，此刻又……他喉結微動，沈聲道：「要不，今晚……」

話還沒說完，就被紀婉兒打斷了。「不要，我拒絕。」她裹著被子躲到了牆邊。

她跟蕭清明的體力真的差很多，明明他天天讀書、她日日幹活，不知為何差距那麼大。

看到紀婉兒這種反應，蕭清明無奈地笑了笑，靠過去將她拉入懷中，撫摸了一下她的頭髮道：「好，睡覺。」

春天眨眼間就要過去，天氣也從暖和變得有些熱。

憑藉外賣這個項目，美味餐館如今每日的收益有一兩半，生意可說是一枝獨秀。雖說引起不少鋪子仿效著做起了外賣，卻沒有影響他們的收入。

這是有原因的。因為紀婉兒會根據顧客的口味調整每個月的菜單，各方面都下足了工夫，是「有心」的經營者。

天下無難事，只怕有心人，她將餐館當成重要的事業看待，食物可口、服務也好，上門光顧的人自然愈來愈多。

火鍋店就更不用說了，縱然縣城有人跟著開了一家火鍋店，也沒能搶走這邊多少生意，畢竟紀婉兒的火鍋湯底是她用了不少香料特調的秘方，皆由她親手製作，其他人並不知曉，想模仿也模仿不來。

不過，火鍋吸引人的點是冷天中一群人圍在一起吃熱食、喝熱湯的感覺，天氣變熱的時候就有些難熬了。一般人的衣裳已經不怎麼通風，要是再出一身汗，哪還有心情吃東西？

這幾日，紀婉兒察覺火鍋店的收益減少了一些，雖然天氣才剛剛轉熱，但長此以往，到了夏季，盈利一定會大打折扣，這是她不願看到的。

當務之急，是要解決這個問題。

第四十二章　小別重逢

說起最好的降溫法子，自然是空調和電風扇，可惜這裡沒這些東西，只能靠自己發揮巧思了。冰塊雖然昂貴，但按照目前的收入，紀婉兒承擔得起，只不過冰塊雖然能降溫，但對火鍋店來說還是遠遠不夠。

接下來幾日，紀婉兒去市面上找出現有的風扇，按照前世看過的一些圖片，以這個風扇為基礎做出了水風扇。利用水的力量使風扇運轉，又能利用水溫為室內降溫，不只如此，鋪子內的各個角落也擺放了不少冰塊。

就這樣，火鍋店的溫度一下子就降了下來，剛一進門，客人們就感受到了一絲涼意。

紀婉兒捨得花錢，冰塊放得多，水風扇這個點子又很新穎獨特，接下來收入不僅沒減少，還增加了一些。

見自己的創意發揮了效果，紀婉兒就在美味餐館設了同樣的裝置，不過這裡吃飯時沒那麼熱，所以她暫時沒放冰塊，想等之後熱一些再放。

天氣轉熱，難受的不只是客人們，蕭清明晚上讀書時也難熬，紀婉兒便在房裡放了些冰塊降溫。

讀書時的溫度是降下去了，可夜深人靜時，某些事情還是會讓人汗流浹背。

事後，紀婉兒累得連胳膊都抬不起來了，平躺在床上啞著嗓子抱怨。「夫君，你最近讀書不辛苦嗎？怎還這般有精力？」

「還好。」蕭清明淡淡地道。黑暗中，他一雙眼盯著屋梁，不知在想什麼。

聽到「還好」這輕飄飄的兩個字，紀婉兒突然有點不是滋味，她原本累得動不了了，這會兒不禁把臉轉過來面對蕭清明，抬手掐了他一下。

總不能只有她一個人累，他舒服到不行吧?!

「嘶！」蕭清明一時不察，忍不住痛呼了一聲。

聽到蕭清明的叫聲，紀婉兒舒坦了一些，又意猶未盡地掐了一下，只是力度比剛才輕了一些，這回，蕭清明沒反應了。

沒得到預期中的效果，紀婉兒覺得是自己掐得輕了，便再次用力往下掐。明明用的力道比一開始還大，可她掐了幾下，蕭清明還是沒吭聲。

紀婉兒正有些遲疑，結果整個人忽然被翻過去，蕭清明的身體隨之覆了上來。

蕭清明將紀婉兒的兩隻手固定在枕頭邊，低頭親了親她的唇瓣，接著趴在她耳邊輕聲問道：「謀殺親夫？」

紀婉兒嗓音沙啞地回道：「誰……誰謀殺你了？」這姿勢讓她有些無所適從，她不禁喊道：「你不正經！」

「喔。」蕭清明並未反駁，只淡淡地應了一聲。他牢牢地困住紀婉兒，動作又不老實了起來。

「你……你……別……」紀婉兒察覺到情況不對，出聲拒絕。可身體的反應騙不了人，她只能紅著臉隨他一道沈淪。

「都怪娘子太美，才讓為夫正經不起來。」蕭清明喃喃道。

紀婉兒很想破口大罵，心跳卻狂飆到沒辦法回嘴。怪她？這人也太不負責了！

接下來，她沒時間思考了，房間裡又響起了斷斷續續的喘息聲。

事後，紀婉兒趴在枕頭上平復呼吸，對於自己方才挑釁的舉動很是後悔。她本來是想「報仇」的，結果卻被人反將一軍。

蕭清明倒是很滿足，手有一下沒一下地撫摸著紀婉兒的背。

第二日一早，紀婉兒起晚了，反觀蕭清明，早早就起床去了書院。據說他神清氣爽，毫無倦意。

紀婉兒感受到身體各處傳來不適感，可說是一肚子火無處發洩。她拿出銀票數了數，眉頭這才舒展了一些。

如今鋪子和蕭清明的收入全放在一處，所有家底加起來一共有五百多兩。紀婉兒將百兩的換成銀票藏了起來，只留下一些碎銀子和銅板，方便平日花用。

雖說五百兩在縣城已經很多了，而且目前鋪子每個月的收益合計有一百五十兩，但是跟京城稍微有點身家的人相比，還是小巫見大巫，要再多攢一些家底才行。

紀婉兒觀察了半個月，等到下月初的時候，她又開始修改菜單了，這次增加了不少涼菜，有些是本地既有的，有些是紀婉兒自創的。再怎麼說，熱天都少不了涼菜，不僅吃起來清爽，而且開胃。

菜單一出現涼菜，當天就有不少客人點了；至於火鍋店裡，則是增加了水果拼盤與冰鎮果汁。

冰鎮果汁非常受歡迎，嘴裡吃著熱辣的火鍋，再喝一口透心涼的冰鎮酸梅湯或西瓜汁，整個人都暢快起來。短短幾日，冰鎮果汁的日銷量就達到了五十杯，紀婉兒還祭出推銷活動，消費金額若能達到一百文錢，就有免費的果汁可以享用。

因為冰鎮果汁而暑氣全消的不只是客人，晚上蕭清明讀書時，紀婉兒也會為他準備，讓他讀起書來更沈得住氣。

時序進入七月，秋闈雖然是八月舉行，可蕭清明必須提前去府城備考，現在距離他出發，剩沒幾日的工夫了。

除了冰鎮果汁，紀婉兒自然也為蕭清明備了許多補腦跟補身體的料理，晚上也儘量不發出聲音打擾他讀書。不光是她，雲霜和子安一看到兄長回來了，立刻回房待著，不再出來。

對於蕭清明應考鄉試一事，全家上下都非常緊張，也就只有他本人看起來相對淡定了。

這晚蕭清明看完書，活動了一下筋骨就去沐浴。回來以後，他吹滅了油燈，動作輕巧地上床了。

一上床，蕭清明就把躺在裡側的紀婉兒抱入懷中，嗅著她身上的味道，令人很安心。原本他已經打算閉上眼睛睡了，但腰上的那雙手臂讓他知曉，懷中的人並未入眠。

「怎麼還沒睡？」蕭清明輕聲問道，抬手將紀婉兒額前的頭髮撥到了耳後。

「不抱著你睡不著。」紀婉兒躲到他懷裡撒嬌。

紀婉兒本想離蕭清明遠遠的，讓他好好休息，可她發現，不在蕭清明懷裡，她睡得不安穩。

娘子這般主動，蕭清明哪裡忍得住，況且也無須忍。

紀婉兒剛有了睡意，就被人弄醒了。察覺到蕭清明的意圖，她立刻推拒起來，可惜蕭清明沒給她這個機會。

不對啊，她明明不想打擾蕭清明的，可怎麼到頭來還是影響到他了？紀婉兒很是後悔，早知道她就躲在牆角不找他了。

再次沐浴完，看著「辛苦」了許久的蕭清明，紀婉兒堅定地說道：「夫君，明日咱們分開睡吧。」

聞言，蕭清明的臉色沈了下來，毫不客氣地拒絕。「想都別想！」

「可……睡在一處，會擾到你。」

「娘子多慮了。」

「好吧……」

接下來的時日，蕭清明依然故我，紀婉兒躲了幾次沒用，又說不過他，乾脆不閃，由著他去了。

半個月後，蕭清明帶上行囊和銀錢去府城備考了。這次他不是一個人去的，紀大忠和阿遠兩人跟在他身邊——這是董嬤嬤的意思。

秋闈的考試時間長，很消耗體力，考生們還得住在府城，身邊不能沒有照顧的人。紀大忠雖然老實忠厚，人卻不傻，而且他還久待過京城；阿遠則是比較靈活，可以幫忙跑跑腿。

對於董嬤嬤的好意，蕭清明沒有拒絕，欣然接受了。出門在外最重要的就是手上有錢，紀婉兒交給蕭清明二百兩銀票，等快要出發時，又給了紀大忠一百兩銀票，以防萬一。

蕭清明一離開，紀婉兒整個人就變得很沮喪，做什麼都提不起勁，晚上也翻來覆去地睡不著。即便睡著了，夢裡也全是蕭清明的身影，一會兒擔心他在路上被人打劫，一會兒又害怕他被人騙。

直到董嬤嬤過來安慰紀婉兒，她的狀況才好了些。

也是，蕭清明又不笨，怎麼可能被人騙，相反的，他還很聰明。書中都說了，這個人日後會成為權臣，與其擔心別人騙他，不如替別人煩惱。這麼一想，紀婉兒的精力又放在了兩間鋪子上。

火鍋店已經加開了三個包廂，來客可說是絡繹不絕；美味餐館這邊面積有限，只能加開兩張桌子，再多就顯得擁擠了。

紀婉兒本不想再開新鋪子的，可是算算蕭清明考中狀元的時間，應該是明年春天，距離現在還有七個月，老實說有點久。目前兩間鋪子狀況都很穩定，沒什麼需要忙活的，她終究沒能忍住，開了美味餐館的分店，好分散自己的注意力。

對於這件事，董嬤嬤舉雙手贊成。她早就想建議女兒開分店或者換個大一些的地方，畢竟她的手藝真的不錯，鋪子也經營得很好。

紀婉兒如今又有事情做了，每日都為了打點新鋪子忙到很晚，沒再時時刻刻念著蕭清明。

有了本店作為參考，再開分店就簡單多了，依樣畫葫蘆就是。七月底，新鋪子就開張了，按照前例，當然要有些折扣，本店甚至也跟著辦起了優惠活動。

紀婉兒兩邊跑，整個人忙到腳不沾地，好在不到半個月，新鋪子的日盈利就達到了五百文錢。有了分店，就帶走了一些離本店較遠的顧客，所以本店的收入略微減少，不過兩邊加起來還是比之前只開一個鋪子的收入來得高。

紀婉兒每天都很忙碌，全身心投入了鋪子的營運上。直到這一日，她關了分店的門，帶著雲霜與子安回本店的院子，這才發現家裡多了一個人。

「夫君，你回來啦？」紀婉兒很是驚喜。「怎麼這麼快就回來了？考完了嗎？」她心想，莫不是沒考完，先回家來看看，明日又走了吧……

蕭清明看到自家娘子的模樣，一時無語。其實考完以後，岳父見他神色憔悴，本打算多休息幾日再返家，但他一想到那貌美又愛撒嬌的娘子，就恨不得立刻飛奔回來。最後歇了不到兩日，他的身體略微緩過來一些之後，一行人便返抵縣城。

他原先覺得自己不在娘子身邊，她肯定吃不好、睡不好，還會日日以淚洗面，誰知娘子並不像他想像中那般憔悴。

「今日已是八月底，為夫考完了。」蕭清明忍住心中的不快，淡淡提醒道。

「喔，對，月底了，你看我，都給忙忘了。」說著，紀婉兒拍了拍自己的腦袋瓜。

前些時候她還扳著手指頭算蕭清明何時回來，可這幾日分店的客流量上來了，她便忙個不停，竟忘了這麼重要的事情。

語畢，看著蕭清明那稜角分明的臉龐，紀婉兒察覺到自己說錯話了。夫君返家這等大事她怎麼能忘了呢？全怪她不好！

「夫君，你看你都瘦了，這幾日我做些好吃的，好好為你補補。」紀婉兒道。

「嗯。」蕭清明抿了抿唇。這話對他來說很是受用。

「吃過晚飯了嗎？我煮一碗麵給你吧？」紀婉兒道。

「好。」

「那你先去沐浴，我一會兒就做好。」

「嗯。」

蕭清明沐浴完後就站在廚房門口，瞧著正在裡頭忙碌的身影，突然想讓時間停留在這一刻。

他心想，家到底是什麼呢？無非就是她。娘子在哪裡，哪裡就是家。

就在此時，紀婉兒回頭望著蕭清明，說道：「洗完啦？麵已經好了，捂一會兒就能盛出來，你先坐。」

「嗯。」蕭清明抬步朝紀婉兒走了過去，從背後環住了她。

一個多月沒見，他突然這般靠近，不禁令紀婉兒渾身一顫。這種感覺，真的是久違了。

這個時刻再溫馨不過，可一想到自己在餐館的廚房忙了一天，身上都是油煙味，紀婉兒就想躲開，然而蕭清明的力道太大，她根本掙脫不了。

「為夫不過是離開了月餘，娘子就把我忘了嗎？」

聽到蕭清明抱怨的話，紀婉兒連忙道：「怎麼可能？我日日都想著你、念著你。」

話雖如此，她還是沒放棄逃離蕭清明的懷抱。

「為何要躲開？」蕭清明不想猜來猜去，直接問道。

紀婉兒的神色流露出了尷尬，弱弱地說道：「我在廚房待了一天，身上都是油煙味，這不是怕熏著你嗎？」

蕭清明一聽，低頭使勁地嗅了一下紀婉兒身上的氣味，說道：「為夫倒是覺得娘子身上很香。」

紀婉兒實在不覺得這話是真心的，因為連她自己都受不了身上的味道。

看著面前的鍋子，她適時地轉移了話題。「夫君，麵要糊了，不如先吃麵？」

蕭清明瞥了紀婉兒一眼，終於放開了她，紀婉兒忍不住鬆了一口氣。

從外面一路趕回家，蕭清明是真的餓了，他一口氣吃了兩大碗麵、兩顆荷包蛋、一碟子牛肉，還有中午剩下的兩個饅頭。吃過飯，他便準備回房間歇著了。

紀婉兒見蕭清明吃得多，便道：「夫君，你先別急著睡，活動一下，不然要積食了。」

蕭清明深深地望著她說道：「不會積食的。」

紀婉兒不明所以，只覺得他的目光有些意味深長。不過，留意到他眼下的烏青時，她心想：在外頭折騰了這麼久，肯定累了，罷了，今日就讓他好好休息吧。

等蕭清明一離開，紀婉兒就動手收拾起廚房，然後去沐浴了。等她回到房間，就發現蕭清明一動也不動地躺在床上了。

紀婉兒輕手輕腳地爬上床，乖乖地躺到了裡側。她有一肚子話想跟蕭清明說，不過既然他睡了，她便決定等到明日再說。誰知她才剛躺好，身旁的人就靠近了。

原本紀婉兒想說點什麼，可她剛剛開了口，話就被吞了。過了一會兒，她終於能說話了。「等……你……你等等，我……我有話要跟你說。」

蕭清明動作不停，啞著嗓子道：「嗯，娘子說吧，為夫活動一下，免得積食了。」

這下紀婉兒就算有再多話，也說不出口了。

許久過後，蕭清明側躺著，抓起紀婉兒一撮秀髮聞香，一臉滿足。似是憶起方才她說的話一般，他問道：「娘子有何話要說？」

卻見紀婉兒無力地躺在床上，無話可說。

隔天一早，紀婉兒覺得渾身上下都在疼，她朝旁邊望去，難得見到蕭清明還在睡。

紀婉兒本來想捉弄一下蕭清明的，可是看著他臉龐上的倦色，再瞧他雙頰略顯消瘦，她就不忍心了。低頭親了親他乾澀的唇，她輕輕下床了。

如今蕭清明回來，紀婉兒的心思就不完全在鋪子裡了，中午巡視過三個鋪子之後，她便返家了。

蕭清明這一覺睡得相當久，一直到未時才醒過來。看著他疲憊的模樣，紀婉兒著實想不明白，這人昨晚怎麼就那麼生龍活虎？

見蕭清明回望自己，紀婉兒臉一熱，說道：「想吃什麼？我去做。」

「都行。」

廚房有很多現成的材料，紀婉兒為蕭清明挑了幾樣菜炒一炒，又煮了一大碗蛋花湯端過去。

蕭清明依舊能吃，不知道的人還以為他這一個多月是去哪裡受罪或被虐待了。

吃飽了又犯睏，這回蕭清明拉著紀婉兒一起上床睡覺。

第四十三章　精神支柱

隔天一早，蕭清明又開始看書，紀婉兒也去鋪子裡忙活了。

等到傍晚，紀家人過來了。董嬤嬤跟著在鋪子裡忙活了一會兒，等到關門時便問道：「女婿去哪兒了？怎麼沒見他，還在睡嗎？」

這兩日她聽丈夫紀大忠說了，他去貢院接女婿的時候，女婿腿都軟了，讓他和阿遠扶著上了馬車。聽說女婿這還算是好的，有不少人考完出來就直接暈倒了。

他們不過歇息了兩日，女婿就急著回家，送他過來時，女婿雖然精神還行，身體卻不怎麼樣，看起來很需要人照顧。

「沒有，今天在家看了一日的書。」紀婉兒說道。

聽到女兒這句話，董嬤嬤驚訝極了。剛從府城考完試回來，現在又讀上書了？「他身體如何？」

紀婉兒想到這幾日蕭清明的表現，臉頰微微有些發熱，眼神也開始游移，隨意答道：「挺好的。」

董嬤嬤不知女兒心中所想，以為她沒將女婿的身體當一回事，連忙道：「娘聽妳爹說他們考試辛苦得很，有不少人都暈倒了，在家養了幾日還沒緩過來，妳可得好好給女婿補補。」

為蕭清明補身體？他可不像是虛弱得需要進補的樣子！紀婉兒有些不以為意地拿起一旁的團扇搧了搧風。

「如今天都涼了，夜晚風大，小心感染風寒。」董嬤嬤忍不住念了一句。

紀婉兒輕咳一聲道：「咳，知道了，娘。」

「妳呀……」

紀婉兒怕董嬤嬤又說出什麼話來，連忙道：「娘放心，女兒記住了。對了，今日咱們吃什麼？娘不是說天氣涼了嗎，不如吃火鍋吧？家中肉很多，正好為夫君跟爹補一補，而且懷京明年就要參加考試了，也該多吃些。」

「行，就照妳說的辦吧。」

席間，董嬤嬤很是貼心，沒提考試的事，只是一個勁兒地要蕭清明多吃些肉。

看著她娘董嬤嬤這般熱情的模樣，紀婉兒心想，要補身體的不是她女婿，而是她女兒才對。

彷彿捕捉到她腦中的想法，蕭清明挾了一塊豬血放進紀婉兒碗中。「娘子，妳多吃些，好好補補。」

紀婉兒臉一紅，不甘示弱道：「娘讓你多吃些，還是夫君好好補補吧。」

聽到這話，蕭清明頭微微一偏，靠在紀婉兒耳邊道了一句。「我需不需要補，娘子難道不清楚嗎？」

氤氳的霧氣中，紀婉兒的臉又染上了一層紅暈。

等到九月初盤賬時，紀婉兒驚喜地發現，三家鋪子月盈利達到了一百八十兩，照這個速度下去，怕是很快就能達到二百兩了。想到這裡，她做事的熱情又高漲了幾分。

等到董嬤嬤過來時，紀婉兒激動地跟她分享自己的喜悅，董嬤嬤見女兒還在關心鋪子的事情，不禁有些著急。

「這幾日就要放榜了吧，妳有沒有找人去府城打聽打聽？」董嬤嬤問道。

紀婉兒壓根兒不知道何時放榜，蕭清明也沒說，所以她並沒有找人去看。退一步講，即便知道，她也不可能去府城看的。「沒有。」

董嬤嬤見女兒這般心大，打了她的手背一下道：「妳怎麼還這麼淡定啊？這可是天大的事！女婿中舉就能為官，妳以後就是官夫人了，跟現在的身分完全不同。」

紀婉兒心情會這麼平靜，一是知道蕭清明會考中，二是這對她而言沒什麼區別。不管她過去是普通的鄉村婦人，或是現在的秀才娘子，她都一樣是她，那些稱謂不過是蕭清明的身分給予的頭銜罷了。

「還不都是一樣照吃三餐，也沒什麼太大的差別。」紀婉兒道。

見女兒這般，董嬤嬤先是一急，接下來又長長地嘆了口氣。「見妳這般，娘也不知是喜是憂。」

紀婉兒卻笑了，為董嬤嬤添了一杯茶道：「女兒現在能靠自己生活，清明也已經是秀才，應該是喜才對。」

董嬤嬤喝了一口茶，心情平復下來，說道：「娘因為這件事幾日沒睡好了，妳爹也日日掛心，妳倒好，紅光滿面的。」

紀婉兒又笑了，沒答腔。

「從前娘希望妳嫁個有本事的對象，能成為官夫人；妳自己也心高氣傲，想嫁個有錢有權的人過上好日子，甚至覺得若是能像小時候那樣在京城就好了。」

說到這裡，董嬤嬤頓了頓，又道：「如今妳心態倒是平和了，不逼著夫君上進，也不怎麼在意這些事情了。」

「娘，怎麼都是一種活法，開心最好。」

董嬤嬤又看了女兒一眼，見她是真的不在意，便道：「嗯，妳開心，娘也就放心了。不看就不看吧，若女婿真能考中，報喜的人自然會登門的。」

紀婉兒嘴角微揚，點了點頭道：「正是如此。」

雖然紀婉兒不在意，但董嬤嬤的話還是提醒她了，晚上睡覺時，她時不時就往蕭清明那邊瞧。

如此頻繁的掃射，蕭清明早就察覺到了，他轉過身抱著紀婉兒，親了親她的額頭，低聲問：「不是身上不舒服嗎？」

紀婉兒差點翻了個白眼。這人真是的，滿腦子都在想什麼啊！「難不成我不能看你？」

「怎麼會，為夫巴不得娘子的眼睛日日黏在我身上，不看其他人一眼。」蕭清明道。

聽到這句話，紀婉兒笑了。

「娘子有話要跟我講？」蕭清明問道。

紀婉兒應了一聲，說道：「嗯。你可知最近幾日就要放榜了？」

蕭清明回來以後，紀婉兒一直沒問他關於考試的事，今日還是她第一次表達關心。

「知道。」蕭清明道。其實他一直沒表達過自己很喜歡現在的狀態。

從前每回考完試，家人都會詢問他考得如何，祖父問完祖母問，祖母問完換大大小小的長輩與晚輩問；出了門走在村子裡，村裡人會問；回到讀書的地方，先生和同窗也會問。

問得多了，他也不知該如何回答。那時他考了兩次秀才都沒中，總見到旁人失望的眼神，於是之後他不願再提考試的事情。

娘子與其他人不同，不管是上次還是這次，她從不追問他考得如何，不給予他任何壓力，這讓他覺得很舒服，能專心繼續準備下一階段的考試。

「那你要過去看看嗎？」紀婉兒問道。

「娘子想去看嗎？」蕭清明反問。

紀婉兒不答腔。說她不關心蕭清明的考試結果是假的，尤其是如今劇情已經改變，誰知道會不會有什麼變數？可若是讓她長途跋涉，跟旁人擠在一處看榜，她又有些不願意……

見紀婉兒沈默，蕭清明便明白了。「那咱們就在家裡等著。」

聽到蕭清明這麼說，紀婉兒不禁盯著他說：「你還挺有自信的。」

「難道娘子覺得為夫考不中？」蕭清明反問了一句。

這話倒是讓紀婉兒不好回答了，她琢磨了一下，回道：「怎麼會？你肯定考得中。」

蕭清明輕笑了一聲，說道：「看來娘子比為夫更有信心。為夫不過是說在家等消息，娘子卻認為為夫考中了。」

紀婉兒有些氣惱地說：「明明是你……」她話說到一半，又停了下來。

不對，蕭清明雖然只說在家等消息，沒說自己會中，可他剛剛的意思，明明是要等人來報喜。

紀婉兒抬手往蕭清明腰上掐了一下，微慍道：「你故意的是不是?!」

蕭清明立刻抓住紀婉兒的手，她手動不了，就抬腿踢了他一下，結果又被他壓制住了。

只見蕭清明湊近她，沈聲道：「娘子，妳今夜不想睡了是嗎？」

聽見這個熟悉的語調，紀婉兒心頭一顫。想到昨天瘋狂了一夜，這會兒身體還不太舒服，她連忙抽回手腳，用被子裹住自己道：「睡了睡了，我睡著了。」

蕭清明忍不住失笑，連人帶被一起抱住了。

幾日後，報喜的人來到了鋪子裡。蕭清明中舉了，而且高中榜首，是大歷朝史上最年輕的解元。

按理說，報喜的人應該去蕭家村才對，然而蕭清明在縣城讀書、妻子在縣城開鋪子的事情大夥兒早就知道了，該去哪邊還用說嗎？

董嬤嬤得知這個消息以後，內心掀起了驚天巨浪。她只知道女婿讀書很有一套，但是沒想到他厲害到這個程度。雖說她抱著女婿將來有一天能進京被授官的願望，可這比她想的還好得多。

原先她只是看女婿面相，覺得他個性踏實，能靜下心來讀書。考中秀才她就很滿意了，是否能中舉她也猜不到，沒想到女婿不僅中了舉，還是第一名。

中了舉，與成為第一名的解元，這之間的距離可說是隔著鴻溝。解元意味著什麼，董嬤嬤再清楚不過。

即便是侯府這樣的人家，中了舉都要歡天喜地，上香感謝祖宗保佑，因為這意味著兒孫步入了仕途。可若是能中解元，就不是祖墳冒青煙這麼簡單的事情了。

驚喜來得太快，董嬤嬤一時之間有些緩不過來，不過她還是努力控制住了情緒，笑著應對前來恭喜的客人。

夜深人靜時，紀婉兒望向那個坐在桌前看書的男人，著實想不到蕭清明怎麼突然變得這麼強了。

她記得書中提過，在成為狀元之前，蕭清明的成績並未特別突出，所以當他進京中了狀元時，有不少人在背後說閒話。說他是憑著那張臉被皇上欽點為狀元，也有人說他是靠著拍馬屁上了位，更有甚者，認為他與朝中某些位高權重的大臣有不正當的關係。

書中的蕭清明是因為心裡有恨所以發憤用功，如今沒了那些糟心事，紀婉兒還曾擔心過他會不會沒了讀書的動力。然而事實證明，恰恰相反，沒了仇恨，蕭清明卻越發出色了。

這說明蕭清明確實是塊讀書的料子，只是過去遭遇挫敗罷了。那麼，現在成績突飛猛進，會不會是因為突然開竅了？他開竅的契機是什麼呢？

紀婉兒就這麼托著下巴靜靜看著蕭清明，腦子動個不停。

蕭清明終究忍不住停下了筆，望向正認真盯著自己看的紀婉兒。「娘子，妳再這般看下去，為夫這篇文章今晚就作不完了。」

聽到這話，紀婉兒這才回過神來——這是打擾到蕭清明讀書了？

她連忙對著蕭清明擠出一個尷尬的笑容，說道：「你繼續你繼續。我……我先睡了。」

蕭清明看著紀婉兒動作迅速地上床躺好了，寵溺地搖了搖頭。

雖然暫時不再看著蕭清明了，但紀婉兒還是在思索剛剛那個問題。

之前她問過蕭清明很多次，她有沒有影響到他讀書，而他每次的回答都是沒有，甚至還說她是他讀書的動力。

難不成……真的是因為她？

書中原主外遇與弟弟失蹤刺激了蕭清明，他因此奮發向上；如今他沒受到這些打擊，成績卻更好了，這是不是說明愛比恨更重要？

一想到自己為蕭清明帶來這麼大的影響，紀婉兒就激動得有點睡不著覺。

等蕭清明寫完一篇文章，躺到床上準備休息了，紀婉兒還醒著。

蕭清明每次到了床上躺好，第一個動作就是將紀婉兒擁入懷中，這回不用他做什麼，紀婉兒就主動滾進了他懷裡，令他很是開心。

「夫君，我有個問題想問你。」

「嗯，娘子請說。」

紀婉兒舔了舔有些乾澀的唇，認真地問道：「你這般用功讀書，不會真的是因為我吧？」

蕭清明眸色變深，抱住懷中的人兒，沈聲問：「為夫從前說的話，娘子都不信嗎？」

再次得到印證，紀婉兒心中一喜，連忙道：「信信信，我自然信你。」

蕭清明親了親眼前那殷紅的唇瓣，說道：「可娘子剛剛的話怎麼聽著像是不信？」

「你聽錯啦，就算我誰都不信，也會信你的！」

「最好是這樣。」說著，蕭清明漸漸加深了這個吻。

一吻結束，紀婉兒雙手抓著蕭清明胸前的衣裳，喃喃道：「我之前不就是不敢相信嗎？夫君這麼優秀，怎麼可能會是因為我……」

蕭清明一雙眼睛微微瞇了瞇，啞著嗓子道：「哦？看起來為夫平日的表現還不夠明顯。今晚，為夫就讓娘子知道，妳對我來說有多麼重要。」

往常這種時候，紀婉兒肯定要推拒一番的，可今日聽到這話，她的激動喜悅大過了害羞緊張，她一把揪住蕭清明的衣領，促使他靠近她。

這一晚，兩個人步調一致，共同起伏、沈淪。

紀婉兒第一次知道這種事能這般暢快淋漓，只不過自己是何時睡著的、這一切是何時結束的，她全不知曉，只知道第二日她睡到巳時才醒過來。

昨日中了解元還表現得很淡定的蕭清明，此刻正睡在紀婉兒身旁。雖然她有些氣惱他昨晚太過分，但想到他會這樣都是因為自己，自己對他的影響力遠比想像中大，又覺得很是甜蜜。

紀婉兒閉著眼伸手環抱住蕭清明，在他懷裡蹭了蹭。

這個舉動讓蕭清明醒了過來，看著懷中的人，他摸了摸她的烏髮，閉上眼回味起了昨晚的種種。

董嬤嬤中午過來時，他們兩個人才剛剛起床，蕭清明忙前忙後的，紀婉兒則歪在榻上休息。瞧著女兒的模樣，董嬤嬤心下了然，笑得臉上的褶子都多了幾層。

「岳母，您先坐，小婿讓人端些吃食過來。」

見女婿的態度跟從前一般恭敬，董嬤嬤放下心來。她今日過來，一是恭喜女婿，二是想探探他。不少人在中了秀才跟舉人之後，便對周圍的人頤指氣使起來，好在她家女婿不是那樣的人。

不過，高興歸高興，在吃飯時，瞧著女兒虛弱的模樣，董嬤嬤還是有些心疼。有時候啊，模樣生得太過好看，也不是什麼好事。

吃過飯後，她悄悄對女兒說道：「你們還年輕，克制些，小心對身子不好。」

紀婉兒漲紅了一張臉，羞澀地說道：「嗯，娘您放心，也不是日日這般，只是偶爾……偶爾……」

董嬤嬤拍了拍女兒的手背，又交代了幾句，這才離開了。

縣裡已經多年沒出過解元了，如今蕭清明橫空出世，大夥兒都好奇死了，一個個過來圍觀。鋪子的生意原本就好，這下更是擠得水洩不通，從早忙到晚。

十月初算賬時，紀婉兒發現，三間鋪子加起來竟然賺了二百多兩銀子，不得不讚嘆名人效應到底有多驚人。蕭清明一中舉，比辦什麼優惠活動或在大街小巷打廣告有效果多了。

蕭清明返家時，紀婉兒親了他一下，讚道：「夫君，你可真厲害。」

瞧出蕭清明眼底的疑惑，紀婉兒便告訴他鋪子的事情，對於這一點，蕭清明當然也欣喜不已。

兩個人溫存了一會兒以後，蕭清明又去讀書了。

第四十四章　連中三元

雖然中了舉，蕭清明卻沒有一日鬆懈，不是讀書就是在寫文章，而且紀婉兒能感覺到他愈來愈辛苦了，也常看到他臉上露出凝重的神色。這個道理其實不難懂，就像爬山一樣，只要愈往上爬，困難程度就愈高，花費的精力也愈大。

考中舉人後，有些人會直接參加來年的春闈，也有人選擇好好準備，過兩年再考，不用說，蕭清明自然打算明年就考。

春闈的時間是來年三月，最遲二月就得進京備考，甚至不少舉子過完年就前往京城了。目前距離過年還有兩個月，也就是說，若蕭清明隔年二月才要去京城，那待在縣城的時間就還剩四個月。

紀婉兒能做到的就是儘量不打擾他，而且提高飲食的品質。現在鋪子裡不用她天天忙活烹煮料理，整體來說她輕鬆許多，於是每天蕭清明起床時她也跟著起身，好儘快為他端上熱騰騰的早點。

蕭清明勸了幾次，要紀婉兒多睡一點，都被她拒絕了。畢竟她和雲霜、子安一樣要吃飯，不管怎麼說每天早上都要做一頓，不過是提前兩刻鐘罷了，況且看著蕭清明享用她做的吃食，令她心情愉悅。

不僅如此，紀婉兒每早都換著法子為蕭清明準備一些美食，有時候是夜裡煨一鍋雞湯，第二日早上買一些油餅或是做雞蛋餅配湯吃；有時候是做豆腐腦，配上油條跟豆渣餅；有時候則是煮一鍋皮蛋瘦肉粥。她會做的吃食種類多，很少重複。

除了早點，中午紀婉兒也會在廚房做四道菜，讓人送過去給蕭清明。每日有葷有素、有清淡的有辣的、有麵食有米飯，還固定有一碗湯，以及飯後甜點。

雖然蕭清明現在讀起書來更加辛苦，卻是胖了一些。儘管這點從外表看不太出來，然而晚上抱著他時，紀婉兒能明顯地感受到。前段時日他瘦到能輕易地摸到肋骨，現在抱起來倒是挺舒適的。從這個角度來看，養胖蕭清明也是造福她自己。

這邊照顧好了蕭清明，紀婉兒便又繼續琢磨起鋪子的生意了。雖說現在鋪子的生意因為蕭清明的緣故名聲更響了，可她並未止步於此，甚至覺得還有很多地方需要改良。

例如餐館分店那邊的菜單不適合跟本店這邊一模一樣。因為本店離書院近，而分店離碼頭跟鏢局近，兩間鋪子的客源不太一致，為此紀婉兒又按照顧客的口味和習慣修改了分店的菜單。

這麼做對鋪子的影響相當顯著，收入漸漸往上攀爬，到了年底，三間鋪子的月盈利合計達到了四百兩。

如今家裡的家底將近兩千兩，蕭清明今年又中了舉，享有俸祿，可說是個大有收穫的好年。原本應該好好慶賀一下的，可紀婉兒沒這麼做。

「娘，清明最近讀書太辛苦了，咱們過年就簡單吃頓飯吧，等明年過了春闈再聚。」紀婉兒道。

董嬤嬤嘆了口氣道：「不光是女婿，妳弟弟也累得不得了。他明年就要參加科考，最近讀書讀到都快忘了吃飯跟睡覺，也不知能不能考過……」

紀婉兒握了握董嬤嬤的手，勸慰道：「娘，您不要有太大的壓力，咱們負責照顧好他們就是，能不能考中，就看他們自己的造化了。」

「妳說得對。」董嬤嬤頷首道。

年夜飯那晚，兩家人聚在一起用餐，享受溫馨又充滿感動的時光。

董嬤嬤先是關心了兩名應試生，又勉勵了學習資歷尚淺的子安。「子安如今個頭竄得快，都要成了個小大人了。將來你要好好讀書，像你兄長一樣。」

子安看了自家兄長一眼，重重點頭。

接著，董嬤嬤望向愈來愈不愛說話的雲霜，說道：「眨眼間，雲霜都是個大姑娘了，再過幾年，該說婆家了。」

此話一出，雲霜的臉立刻紅了起來，垂著頭不講話。

「我聽鋪子的錢嫂子說，雲霜的手藝不錯，繡活做得極好，快要能出師了。」董嬤嬤讚道。

紀婉兒一臉欣慰地看著如今只比她矮一個頭的雲霜，笑著說：「是啊，她從小手就巧。」

接下來，董嬤嬤和紀婉兒探討起了關於雲霜的問題，說著說著，雲霜突然站了起來，鄭重地說道：「嫂子，我覺得我手藝已經學得差不多，不想再學了。等到過完年，我想自己做些繡活拿出來賣。」

聽雲霜這麼說，紀婉兒和董嬤嬤互看了一眼，都猜出了她的意思。

紀婉兒拒絕了雲霜。「不用著急，妳再學一學。錢嬸子是從宮裡出來的，手藝極好，那些技巧不是妳一、兩年能學會的。」

雲霜聽了，有些不開心地低聲道：「可是我已經比旁人繡得好，能出來賺錢了。」

雖然如今家裡條件好，可雲霜總覺得自己是個沒用的人。嫂子送她去學手藝，每個月是要給人銀子的，她的學費跟弟弟讀書的費用差不多，讓她有些壓力。她不想再花家裡的錢，而是想賺錢孝敬兄嫂，而且她真的覺得自己的手藝夠好了。

「妳年紀還小，再多學學，家裡不差這些錢，等過幾年再說。」董嬤嬤也勸道。

按照董嬤嬤的想法，女婿已經是舉人了，而且還是解元，明年不出意外會通過春闈，到了那時，家中光景自然不同。

女婿會被授官，這樣一來，雲霜就成了官家小姐。若是普通人家女子的繡活流出去便罷了，官家小姐若留下這種把柄，終究對名聲有損。

想到這裡，董嬤嬤看向了女兒，心想不管女兒懂不懂這個道理，她一會兒都得提點她幾句。

此時，只聽紀婉兒問道：「妳覺得咱們鋪子的生意好嗎？」

雲霜不解嫂子為何會提出這個問題，但還是如實作答。「好。」

「有多好？」

「在縣城數一數二，很多人都知道咱們的鋪子。」

「妳說說，為何咱們的鋪子生意能在短時間內超過別家？」

「自然是因為嫂子，嫂子的手藝好，所以大家都來咱們家吃飯。」

「那妳想想，若是一個學藝不精的人，生意會不會這麼好？能不能賺這麼多錢？」

話說到這裡，雲霜漸漸明白自家嫂子的意思了，她羞愧地搖了搖頭。

「正所謂磨刀不誤砍柴工。妳想靠自己的力量賺錢是好事，只不過，就算妳現在一幅繡活能賣二兩銀子，但若再多學一年，興許就能像妳師傅一樣賣上十兩、二十兩，甚至更多，要是妳，妳選哪個？」

雲霜抬起頭看向紀婉兒道：「嫂子，我……」

「我知道妳是個懂事的孩子。要是想賺錢，那就好好跟師傅學手藝，別辜負我對妳的期待。」

雲霜重重點頭，心中暗暗發誓，自己一定要更加努力。

董嬤嬤見女兒這麼說，便沒再多提些什麼。她覺得女兒有時候想法跟尋常人不太一樣，但又出奇地有說服力。

繡活和繡品還是不一樣的，若是雲霜學得好，將來在這方面有出息，那麼說親的時候男方也會高看一眼的。化弊為利，不失為一個好法子。

很快的，爆竹聲從四面八方響起，新的一年到來了。

初一那天，蕭清明便埋頭苦讀，他比從前更加用功，每日只睡兩個時辰，其餘時間不是在看書就是在寫文章。其實蕭清明可以睡更久的，尤其是晚上……

這一天晚上，紀婉兒實在忍不住了，勸了幾句。「夫君，你日日睡這麼少，會不會太辛苦了？要不你晚上多睡會兒，這樣白天讀書才有精神。」

蕭清明正撫摸著紀婉兒的烏髮，聽到這話後微微一怔，垂眸望著她。「兩個時辰，夠了。」他言簡意賅。

「可……」紀婉兒頓了頓，還是說了出來。「你明明可以多睡一會兒的。」

蕭清明聽懂紀婉兒的意思了，眼神微變。「娘子這是嫌棄為夫了？」

紀婉兒輕輕打了他的手臂一下，說道：「怎麼可能？我是覺得你太辛苦了，不想讓你這麼累。」

蕭清明嘴角微微上揚，靠往紀婉兒耳邊道：「這種事，為夫甘之如飴，不僅不累，還精神百倍。」

紀婉兒的臉「唰」地紅了起來。可惡，她就不該跟他提這件事情的！罷了，反正睏的人也不是她，他自己既然有主意，那她就不管他了。

再過不久，蕭清明就要進京趕考去了，等他考完，一家人肯定就要前往京城，所以儘管鋪子都上了正軌，紀婉兒也不打算再經營一間鋪子了。她心想，只要顧好這三間鋪子，牢牢抓住客人的心就成。

紀婉兒本以為蕭清明要到二月才離開，結果一月底他便告訴她要進京去了，殺得她一個措手不及。

「怎麼這麼早就去？」紀婉兒詫異地問道。

蕭清明解釋。「先生的意思是，先去府城拜會他的老友，之後再去京城，這中間就不回來了。」

紀婉兒雖然不參加科考，但多少了解一些事情。科考並不是記住的東西多就能考得好，還得寫文章，至於文章寫得好不好，每個人都有自己的主觀判斷，所以事先了解主考官的喜好還是有必要的。蕭清明的先生大概是基於這點，想去打探一些消息吧。

雖然有些不捨，紀婉兒還是說道：「哪天走？我提前為你收拾行李。」

蕭清明見自家娘子情緒似是有些低落，摸了摸她的頭，哄道：「為夫最遲四月分就能回來了。」

紀婉兒心中還是難受到不行，她伸手抱住他的腰身，把臉貼在他的胸膛上。

「嗯，我知道。」紀婉兒回道。事實上，若是蕭清明真的如書中一般中了狀元，他怕是回不來了，到時候是他們得去京城才行。

蕭清明也有諸多不捨，一下又一下地撫摸著紀婉兒的秀髮，低頭嗅著她髮梢上的氣味。

「等我出去，妳就把岳母和懷京接過來吧。」

之前他們商議過了，等到蕭清明進京趕考時，紀大忠要跟著去。蕭清明本來是拒絕的，主要是路途遙遠，又要陪著先生拜訪朋友，他不想這般麻煩長輩。不過董嬤嬤相當堅持，加上紀大忠在京城待過多年，對那裡很是了解，而且也有一些人脈。綜合各種情況看來，只有利沒有弊，又推辭不掉，蕭清明便答應了。

見紀婉兒沒說話，蕭清明又說道：「家裡只有妳和雲霜、子安在，我不放心。」

紀婉兒依舊沒答腔，過了許久，她才應了一聲。「嗯。」

蕭清明聽出紀婉兒情緒不對，低頭看了過去。一開始她還不讓他看，在他堅持之下，才發現她不知何時哭了。

這是蕭清明第一次看到紀婉兒掉淚，可把他心疼壞了。他抬手抹了抹她臉上的眼淚，說道：「都是為夫的錯，我晚走幾日，不去府城也可以。」

紀婉兒也不知自己怎麼突然這麼感性，她明明是個非常理性的人啊！況且蕭清明這一去又不是見不著面了，怎麼就讓她這麼難過了呢？

她連忙克制住淚水，說道：「不去怎麼可以！你說好的，要早日讓我光明正大回京城，若是不跟著先生走怎麼成？」

聽到這話，蕭清明忍不住笑了。

「你還笑！」紀婉兒抬手捶了他一下。

「不笑了不笑了。」說著，蕭清明再次將紀婉兒攬入懷中。

當晚，兩個人好好溫存了一番。他們似是想到了馬上就要分別，過程中都很專注。

之後幾日，蕭清明和紀婉兒努力把握能相處的機會。紀婉兒不去鋪子了，在家專心為蕭清明打點離家要用的東西，同時也去通知董嬤嬤，表明自己也備上了紀大忠那一份。

時間一到，紀大忠就陪著蕭清明一行人離開了縣城。

蕭清明這回一出門，彷彿把紀婉兒的心也給帶走了，她整個人異常難受，狀況比前幾次都嚴重得多，直到董嬤嬤和紀懷京搬過來，她才好轉了些。

紀婉兒早已收拾好了雜物間，紀懷京和子安睡這裡，董嬤嬤和雲霜睡另一間，紀婉兒則是自己睡一間。

接下來，紀懷京要參加縣試了，一家人的重心都放在這上面，董嬤嬤和紀婉兒每日都想方設法為他做些好吃又營養的。

由於紀懷京參加縣試的時間比蕭清明的春闈還早，所以紀婉兒的注意力就轉到這上面，對蕭清明的思念和擔憂也因此沖淡了一些。

沒多久，紀懷京那邊傳來好消息，他通過了縣試。董嬤嬤接到這個消息以後激動得不得了，不過她的興奮維持不到三日，畢竟只過了一關還不行，得再通過府試，才有資格考秀才。

四月分，紀懷京去參加府試了，在他的考試結果出來之前，京城那邊傳來消息——蕭清明成了會試第一名，也就是會元，接下來就等著下個月的殿試了。

這一切都比書中的劇情走向更好。按書中所寫，蕭清明的秋闈，也就是鄉試並不突出，會試成績也普通，直到殿試時才爆冷門成為當年的新科狀元，因此被很多人詬病，覺得他這個狀元名不正、言不順。如今他已經先後成為解元、會元，就差最後的一步了。

董嬤嬤已經不能用激動來形容自己的心情了，即便是過了沒多久兒子通過府試，有資格挑戰秀才了，她也沒能從女婿成為會元的震驚中清醒過來。

尊貴如侯府，一個族中的子姪輩中了秀才，長輩都會另眼相待；中了舉人甚至被允許入侯府備考，還能出席一些應酬場合，廣為結識他人；若是成為貢士，就更不用說了，那是「自己人」。

通過會試成為貢士的人，有資格參加殿試，各方都急於拉攏。董嬤嬤在侯府那些年，也聽說了不少這種事，每年到了這個時候，侯爺與府上幾位公子都會想方設法去結交這些人，更何況是會元。

如今她的女婿竟然連中了解元和會元，若是將來再中狀元，那便是大三元了，放眼整個大歷朝史，也沒幾個人。這一刻，董嬤嬤不知該誇自己眼光好，還是誇女婿爭氣。

得知女婿中了解元的那一日，董嬤嬤哭了一整夜；現在女婿中了會元，董嬤嬤又把自己關在房間裡哭了許久，她感覺自己的夢想即將實現了。

從這一日起，董嬤嬤再也無暇顧及其他事，日日在心中為女婿祈禱，還去廟裡拜了幾回。

等到五月底，京城那邊傳來了天大的好消息，蕭清明中了狀元，而且還是大歷朝史上最年輕的狀元。一時之間，整個縣城乃至江東府，都沸騰起來了。

紀婉兒再次見到蕭清明時，是半個月後的事，還是在京城見面的。此時蕭清明已經在翰林院任職了，來迎接他們的，是一個她萬萬沒想到的人——秦素瑤。

秦素瑤是誰？就是書中的女主角，侯府的庶女，她跟紀婉兒同年，已嫁給了五皇子，是他的側妃。

早在蕭清明前往京城之前，紀婉兒就簡單跟他提過侯府和五皇子府的事情，但他們並沒有要投靠這些權貴的意思。只不過，身為一府解元，蕭清明的身家背景就被人調查得清清楚楚，再看到紀大忠，便知曉了他的身分，因為這一層關係，蕭清明一入京就被侯爺接見了。

第四十五章　京城扎根

見面時，秦素瑤並未提及官場上的種種，只聊起他們小時候的事，也對當年牽連紀家一事表示抱歉，並告訴紀婉兒有什麼麻煩都可以找她幫忙。

談話之間，秦素瑤說自己曾寫信給董嬤嬤，請她隨紀婉兒一同前來，但被她拒絕了。董嬤嬤回信說女兒的鋪子沒人照料，她要暫時留在那邊主事，等處理好鋪子那邊的一切再入京。

旁人或許會以為這是董嬤嬤推辭的藉口，但紀婉兒知曉，董嬤嬤之所以這般，是想等到下半年紀懷京考完院試再打算。若兒子能成為秀才，那她就能堂堂正正來到京城，而不只是沾了女婿的光。

這點倒是跟原本的劇情不一樣，書中董嬤嬤早早就來到了京城，但那是為了原主。所以，若是沒有原主那些荒唐事，或許書中的董嬤嬤也會如現在一般，有自己的驕傲與堅持。

提起董嬤嬤時，秦素瑤看起來是真心實意的，紀婉兒能感受到她是真的思念董嬤嬤。畢竟董嬤嬤曾當過她幾年的奶嬤嬤，對她的照料可說是無微不至。

想起書中紀家遭遇危難，秦素瑤對董嬤嬤伸出了援手，這就足以說明她們之間的情誼。

秦素瑤和紀婉兒兩人見面時客客氣氣的，聊了一下便分開了。

若紀婉兒是原主，面對這種情況，怕是要感動得痛哭流涕，覺得自己發達了。然而，紀婉兒不是原主，她清醒得很。雖然秦素瑤一句都沒提蕭清明，但她今日親自來接自己，就表明了拉攏的意思。

透過小說，紀婉兒很清楚秦素瑤的性格。秦素瑤本質善良，不過極有野心，又很能隱忍。她不會為了達到自己的目的不擇手段，但也不會一味忍讓，可說是既聰明又有手腕。這樣的人或許當不了朋友，但也絕對不能成為敵人。

根據書中的種種描述，加上秦素瑤是最後的贏家，紀婉兒對她還是很有好感的。不過在跟蕭清明通過氣之前，她不會表明自己的態度。

如今蕭清明的身分不同以往，她不能隨意結交朋友，若是踏錯了一步，恐怕會為家裡帶來滅頂之災。

紀婉兒看著秦素瑤的馬車離去，便帶著雲霜與子安轉身朝皇上賜給蕭清明的院子而去。

馬車裡，秦素瑤靠在身後的軟墊上閉目養神。

一旁一個三、四十歲的婦人低聲道：「夫人，這狀元娘子跟咱們想像中不太一樣啊，似乎對您的示好沒有回應。您說，他們會不會有別的意思……」

秦素瑤緩緩睜開眼道：「我原先一直懷疑調查來的情報有誤，直到見著她，方知狀元郎為何待她那般好。」

說完她頓了一下，又道：「有別的意思倒不至於，咱們這位狀元郎，興許想做一名純臣。」

那婦人靜默了一會兒，道：「做純臣也好，只要別被其他皇子籠絡就行。有了狀元娘子這層關係，旁人就會以為他們是咱們這邊的人。」

秦素瑤點了點頭，似是贊同那婦人的看法。

比如今日親自迎接紀婉兒他們這件事，也只有她做才不會被人說閒話，若是換成其他皇子的妃子，或是他們府上的正妃，免不得要被扣上拉攏朝臣的帽子。可紀婉兒曾是侯府的家奴，她們小時候還一起生活過，雙方見這一面，可說是合情合理。

如此一來，狀元郎他們算是刻上五皇子府與侯府的印記了。

紀婉兒心中沒那麼多彎彎繞繞，此刻她只想見一見蕭清明。等到傍晚，蕭清明終於回來了。

算算日子，他們已經四個多月沒見著彼此了。一見到蕭清明，子安就想撲上去，不過他還是忍住了，恭敬地朝自家兄長行了一禮，雲霜也在後面福了福身。

蕭清明略略瞧了瞧弟弟妹妹以後，一雙眼就釘在了紀婉兒身上。

「娘子。」

「夫君。」

雖然只是簡短的稱呼，卻道盡了這數月以來的思念。

有兩個孩子在，紀婉兒不便多說什麼，瞧時辰不早了，她便招呼眾人用膳。飯桌上，子安嘰嘰喳喳說起了這幾個月的事情，又表示他有多想哥哥、有多喜歡京城的風景，其他三人則都很沈默。

吃過飯，雲霜和子安各自回房去了。雖說這院子比起京城富貴人家的還有些差距，卻比縣城鋪子後面的院子大了不知多少，雲霜和子安可以有自己的房間了。

蕭清明和紀婉兒也回了房，一進去，紀婉兒還沒來得及說什麼，就被蕭清明抱住了。鼻間竄進了久違的氣息，紀婉兒感覺自己那一顆飄零的心總算落了地，她不禁抬手回擁蕭清明。

幾個月不見，蕭清明怎麼可能抱一抱就算了，很快的，熱烈又纏綿的吻鋪天蓋地襲來，讓紀婉兒忘了思考，只想好好回應。

親吻了許久之後，蕭清明離開紀婉兒的唇，啞著嗓子道：「娘子，我想妳了。」說這話時，他的眼神炙熱、喉結微動，似是想將眼前的人吞入腹中。

「我也想你了。」紀婉兒圈住蕭清明的脖子，主動親吻他。

接下來，房裡只剩下彼此的喘息聲，兩個人不知道折騰了多久，最後連月亮都害羞地躲了起來。

昏睡之前，紀婉兒最後的念頭是——蕭清明能準時起床嗎？畢竟在他回來之前，她就聽下人說他總是不到卯時就起床，可現在距離卯時沒剩多久了……

等一覺睡醒睜開眼時，已經快要午時了。紀婉兒微微一移動，就覺得身體像是被什麼碾過一般，她忍不住發出了一絲痛呼，接下來就被人從身後抱住了。

紀婉兒微微一驚，側頭看了一眼，問道：「你今日不上朝？」

「嗯，今日休沐。」

聽到這話，紀婉兒鬆了口氣，立刻閉上眼睛養神。

蕭清明將頭靠在紀婉兒的脖頸上，嗅一嗅又蹭了蹭，找了個舒服的位置窩著，紀婉兒則抬手摸了摸他的臉龐。

可惜這種甜蜜的氣氛沒維持太久，過了一陣子，不知誰的肚子先叫了起來，隨後另一人也是。兩人對視了一眼，尷尬地笑了笑，一道起床了。

簡單吃了一些東西，蕭清明就帶著紀婉兒逛了逛院子，為她介紹環境，又領著她認識下人。

過沒多久，就到了吃午飯的時間。吃過午飯以後，紀婉兒覺得自己身體虛得很，又回房間去了，蕭清明也趕緊回去陪她。

兩個人倒是不睏，歪坐在床上有一搭沒一搭地聊著天，說著說著，自然而然談到了昨日的事情。

「娘子不必如此小心謹慎，妳跟侯府的關係，有心之人一打聽便知曉，即便再努力避嫌，旁人也不會認為你們毫無關聯。若妳覺得與秦側妃投緣，私下見見也無妨。」

紀婉兒挑了挑眉，問道：「夫君見過她？」

「未曾見過。」

「那你這是看好五皇子？」

蕭清明沒正面回答這個問題，而是鄭重地說道：「咱們根基不深，所以為夫永遠不會站隊，只會站在皇上這邊，那麼將來不管誰做皇帝，都不會出錯。」

聽到這些話，紀婉兒從蕭清明懷裡坐起來看向他。

沒了那些亂七八糟的事，蕭清明確實跟她從小說上看來的不一樣了。若是在書中，有五皇子與侯府示好，他定然順著竿子往上爬，可他如今並沒有。

蕭清明並未黑化，也不輕易親近權貴，即便是年紀輕輕就中了狀元，依舊保持清醒。

盯著蕭清明看了許久，紀婉兒抱著他親了幾口道：「我家夫君可真聰明！」

這一親，蕭清明又想到了昨晚的事情，他有些心猿意馬地說：「都是娘子教得好。」

他的話讓紀婉兒樂開了花，然而接著她就笑不出來了。

小別勝新婚——她深刻地體會到了這句話的意思。

來京城之前，紀婉兒就打算好了，先歇息一日，第二日就去置辦東西裝飾家裡，等處理好這些，就去找地方開酒樓。然而來到這裡之後，她的計劃全被打亂了。

紀婉兒被迫在床上待了三日。雖說中間也下床去吃飯或逛院子，但大部分時間都累得只想休息，只能說蕭清明真是有些不知節制了。

等到第四日，紀婉兒說什麼都不幹了，一腳將蕭清明踢下床，讓他去榻上睡。誰知前一晚他還老老實實地待在榻上，第二日醒來又回到了床上。

歇了五日後，紀婉兒終於回復了體力。頂著雲霜和子安疑惑的目光，她帶著他們出門逛起了京城。

即便聽董嬤嬤描述過京城的樣貌，可真的身臨其境，感受還是不同。他們三人就像是鄉巴佬進城一般，整整花了五日才把京城逛了個遍。

當然了，這個過程不全是在吃吃喝喝，紀婉兒是有目的的。

雖然蕭清明中了狀元，也被授了官職，不過紀婉兒從來沒想過當個在家賞花喝茶的官夫人，她依然想發展自己的事業。

關於這件事，紀婉兒已經仔細考慮過了。若不是知曉蕭清明很快就能考中狀元，她就要在縣城開酒樓了；如今來到京城，自然要實現這個願望。

之前的餐館與火鍋店形成了固有的經營模式，紀婉兒也很有經驗，所以不需要做什麼實驗，能省下不少事。

紀婉兒找地方開酒樓的計劃雖然做得隱密，也只告知自家人，卻還是被有心人知曉了，秦素瑤就是。

秦素瑤本就打聽過關於紀婉兒的事，知道她在鎮上開過早點鋪子，也曉得她在縣城有餐館和火鍋店，至於她賺了多少錢，她心中多少也有數。

這一日，紀婉兒沒出門，卻有人送來一張鋪子的地契——是一棟三層小樓，雖然比不上大酒樓，但在京城這個寸土寸金的地方算大了，而且位處繁華地段，人流量不少。

這個鋪子少說值幾萬兩，不過秦素瑤並不是要送給紀婉兒，而是要入股，她出鋪子的租金，每個月分一成利。

若是往外租，這鋪子一個月的租金大概是二百兩左右，省下這筆金額，對紀婉兒來說不無小補。況且，若是跟秦素瑤合作，就是有侯府和五皇子府當作靠山了，不必擔心旁人來找麻煩，怎麼看都是紀婉兒沾了光，秦素瑤很明顯在示好。

不過紀婉兒拒絕了這個提議。她知道秦素瑤之所以這般待她，並不是因為彼此是兒時玩伴，而是因為蕭清明，他們想要將他納入麾下，所以才想盡辦法對她好。

其實，按照書中的結局，以及秦素瑤的人品，紀婉兒是很樂意接受的，畢竟早點抱大腿可說是有利無害。然而，既然蕭清明決定當個純臣，她就不能扯他後腿，跟秦素瑤見面談天、結交一下可以，但與利益有關的事可要劃清界線。

秦素瑤聽到下人回報，笑了笑，並未多說什麼。這一切全在預料之中，她也只是想試探一下紀婉兒罷了。

對秦素瑤來說，搭上紀婉兒好處不少。其一，能讓蕭清明跟五皇子愈來愈親近；其二，她看好紀婉兒，覺得她是塊做生意的料子，這間酒樓絕對能賺大錢。

雖然此路不通，但還有別條路。第二日，秦素瑤又讓身邊的人告知紀婉兒，若是她找不到合適的地點，這鋪子可以低價租給她。

紀婉兒笑著應了下來。不過，既然她沒答應秦素瑤入股，現在也不會同意這件事，應下來只是給人一個臺階下，畢竟地方合不合適，全是她說了算。

過了幾天，紀婉兒找到了合適的地方。雖然地段不是特別繁華，但人流量不少，離菜市場跟他們目前住的地方都不遠。儘管占地面積不如秦素瑤那個大，但也不算小，是棟兩層小樓，正好符合紀婉兒的需求，租金也比較便宜，一個月一百兩。

租下鋪子之後，紀婉兒就連忙找人裝修，隨後就是招人培訓、訂製桌椅與餐具等等，這些事她熟悉得很，也處理得井井有條。

酒樓的名字跟縣城那邊一樣，取名為「美味居」。一樓中間是大堂，四周是包廂，紀婉兒讓人拆下包廂的門，裡面放上四張小桌子或兩張大桌子，空間呈現半開放的狀態，這樣一樓就不顯得封閉了。

大堂擺上座位，提供客人享用一般餐點，周圍的包廂則用來吃火鍋。大堂和包廂的銜接處，紀婉兒懸掛上一些流蘇，又在下方挖了一道溝渠，裡面養上荷花跟幾條小金魚，這樣既能區分一般餐點和火鍋的位置，看起來也雅致不少。

二樓則是全做成包廂。紀婉兒讓人在屋梁上掛了一些珠簾，遠遠看過去，流光溢彩，像是星辰一般；風吹過來時，珠簾搖曳轉動，又變得像是瀑布一般。

其他地方紀婉兒也費了不少心思，尤其是細節處，做得極好。整個酒樓的裝飾不落俗套，既高雅又高檔。

鋪子裝潢的過程中，紀婉兒也在京城大大小小的鋪子試吃，掌握客人的口味，一點一滴改良自己的食譜。

美位居的菜單冊子也升級了，不僅是特色菜，連家常菜都畫上了圖片。紀婉兒一共請人做了三十份冊子，花了將近五十兩銀子。

一年的租金，再加上前期的大量投入，紀婉兒攢了幾年的錢，基本上去了大半。

在開張的半個月前，紀婉兒就開始造勢。她找人做了不少宣傳單，畫上裝修好的鋪子跟美食，做足了引誘的工夫，同時還標明鋪子剛開張的前幾日有優惠活動。等到把人吸引過來以後，又請人試吃，還免費送了點心。

七月初，鋪子終於正式營業了。因為前期的大量宣傳，開張當天，門前就聚集了不少人。

之前雖然有人路過，也品嘗過免費的點心，但美味居一直沒開門，所以沒人知道裡面是什麼樣子，看過宣傳單子後就好奇得很。

門一打開就有客人進來了，這一看，頓時愣住了——這鋪子的設計，真是比畫出來的更好看。

如今是七月分，天氣還有些燥熱，可一進門卻是感覺到一股涼意。大堂的那一道溝渠中，此時擺放著幾架水車，水車不停地轉動著，風也吹了過來。一樓的流蘇與二樓的珠簾被風吹動，姿態妙不可言，有如一道道瀑布從天而落。

「妙，妙，妙極了！」

眾人無一不稱讚裝潢上的巧思，站在溝渠旁看了許久，還時不時抬頭望向流蘇與珠簾。

不過畢竟是來用餐的，大家不好站在原地太久，看了一會兒，就陸陸續續去點餐了。等看到菜單冊子時，又是連聲稱讚，飯菜都還沒吃，就已經對這間酒樓有了極高的評價。

點完餐，夥計又送上一些零嘴，像是醃梅與山楂乾等等。吃著酸甜可口的零嘴，欣賞著不停轉動的水車、溝渠裡綻放的荷花，再感受陣陣清風，真是舒適極了。

等飯菜一上來，大夥兒瞬間眼前一亮。光是聞味道，就令人口水直流，拿起筷子一嘗，更是好吃到恨不得讓人吞掉舌頭。

說到底，上酒樓的人不是來欣賞風景的，而是要享受美食。佈置得再美，若是料理的水準達不到要求，怕是門可羅雀；若是食物可口，再加上環境宜人，那自然門庭若市。

第四十六章　美麗人生

紀婉兒在做料理的空檔，出來觀察了一下客人的意見。見眾人吃得開心，聽到他們稱讚的話語，她一顆心放回了肚子裡。

吃餐館料理的人滿意，吃火鍋的人則是吃得開心。紀婉兒的火鍋湯底好，蘸料不僅選擇多，調得也美味。一道火鍋麻辣鮮香樣樣俱全，讓人吃了這一頓就在想下一頓了。

這些進了酒樓的人，沒有人空手離開，根據每個人的消費金額，離開的時候，手上要麼拿著一些零嘴、鹹菜，要麼拿著精緻的糕點。打包的油紙上，全都印著「美味居」三個字。

開張第一日，雖然打了八五折，又送了不少吃食，紀婉兒還是賺了三十多兩銀子，等蕭清明回來，她就跟他分享了這個好消息。

躺在床上時，想到今日的收入，紀婉兒依舊笑得合不攏嘴，還時不時發出一聲怪笑。

蕭清明本來要入睡了，忍不住瞥了她一眼。「還不睡？」

見蕭清明看了過來，紀婉兒抱著他的胳膊興奮地說：「你不知道我有多開心！我沒想到一天能賺這麼多錢，一天賺三十多兩，一個月就是一千多兩，一年就超過萬兩，這比很多大酒樓都厲害呢！」

蕭清明難道不曉得紀婉兒很激動嗎？不，他知道。單從紀婉兒抱著他的力道，他就感受到了。

見紀婉兒依舊嘰嘰喳喳說個不停，蕭清明適時地問了一句。「妳不睏？」

「不睏，我完全睡不著。你不知道，來酒樓吃飯的客人們，看到我弄的水車和流蘇，有多……唔……」話還沒說完，她的嘴就被堵住了。

蕭清明心想，既然睡不著，不如做些別的事情。

最近娘子一直忙著打理鋪子，每天一沾枕頭就睡，兩個人也很久沒親熱過了。雖然他今天本來沒打算這麼做的，可娘子的模樣實在太可愛了，一直在誘惑他。

不過蕭清明拿捏好了分寸，沒太過分，畢竟明日朝上還有得忙。

最後，紀婉兒在他懷中沈沈睡去了。

接下來鋪子的生意依舊很好，三天過後，紀婉兒就賺了一百多兩銀子，僅僅一個月，酒樓的收益就超過千兩了。

這段時間當中，酒樓的情況一直很順利，沒有出什麼狀況，即便是有些小麻煩，也很快就弭平了。

過去無論是在鎮上還是縣城開鋪子，總是免不了有人找碴，最後不是花錢了事，就是靠著董嬤嬤跟蕭清明等人出面處理。這回她一句話都沒說，事情就解決了。

紀婉兒不是初出茅廬的新手，而且她也不傻，這背後定然是有人幫忙，而且那出手的人也沒藏著掖著，已經來暗示過了。

晚上，紀婉兒將這件事告知了蕭清明。

蕭清明沈吟了許久，說道：「娘子若是覺得過意不去，可以送些吃食以示感謝。」

不管怎麼說，秦素瑤跟紀家的淵源就擺在那裡，再費盡心思避嫌，旁人也會將他們歸到一處去。雖然蕭清明立志做個純臣，但不可否認的，這幾位皇子中，他最欣賞的就是五皇子。

朝堂上的事，他不會偏袒任何人，但私底下有些聯繫也無妨，總不能因為害怕閒言閒語，就完全不社交了。

「娘子不必如此小心，不管是哪一家，若是有送請帖來的，娘子想去就去，不用顧忌這些。」蕭清明說道。他立身正，不怕這些。

紀婉兒明白了蕭清明的意思，親了他一口道：「好。」

正好，過幾日就是秦素瑤的生辰。紀婉兒找了材料為她製作一個六層奶油蛋糕，另外準備了一些賀禮，便帶著雲霜去了五皇子府。她曾是秦素瑤身邊的奴婢，如今又是狀元娘子，此等重要的日子若是不出現，反而惹人猜想。

紀婉兒原本是來表示謝意的，沒想到卻有了意外的收穫。她這蛋糕做得著實別緻，味道又好，當下便有人問她從哪裡買的。一聽說是她親手做的，更是讚嘆連連。

第二日便有人來訂做蛋糕了，不過他們不是去狀元府，而是去了美味居。紀婉兒琢磨了一下，覺得這是個賺錢的好法子，便讓人接受訂單，之後就有更多人來訂做生日蛋糕了。

機敏如紀婉兒，覺得該把握時機宣傳一下才是，於是等到尚書夫人生日宴來邀請她時，她又做了個蛋糕送過去，還順便為自家的酒樓打了一下廣告。這樣一個月下來，光是生日蛋糕，她就賺了二百兩，也算是意外之喜了。

不管紀婉兒私下與哪位夫人的關係好，蕭清明在朝堂上依舊當他的純臣，既沒靠向五皇子，也不接近其他皇子，他這性子倒是讓皇上愈來愈喜歡。

漸漸的，眾臣摸清了蕭清明的個性，不再繼續拉攏他，當然了，也不會與他為敵。畢竟他深得皇上青睞，又是兩榜進士出身，未來有可能封侯拜相，即便無法讓他站邊，也不好得罪他，否則豈不是將他推向對手的陣營了？

十月時，董嬤嬤一家進京了，那一日，紀婉兒和秦素瑤一起過來接她。

一見到董嬤嬤，秦素瑤就哭了，她們關在房間裡說了很久的話，出來時，兩個人的眼圈都是紅的。

紀婉兒心想，能讓秦素瑤這般真情流露，董嬤嬤應該是她非常信任的人吧。

蕭清明得知紀懷京考上秀才的消息之後，便為他找好了書院。

董嬤嬤是個對未來有規劃的人，來京城之前，就把自家的地跟在縣城的那個鋪子全都賣了；來到京城後，她買下一間小店面，開起了雜貨鋪。

至於在縣城的那三間鋪子，紀婉兒決定開成加盟店。等錢周轉過來時，在董嬤嬤的建議下，紀婉兒去京郊買了百畝良田。

隨著蛋糕的生意愈來愈好，酒樓那邊就忙不過來了。等到冬天時，紀婉兒就開了家糕點鋪子，名字同樣叫美味居，一看便知系出同門。

這一日，紀婉兒正在糕點鋪子裡頭做蛋糕，外面就來了兩個年約三、四十歲的男子，他們身穿綢緞衣裳，一看便知家境富裕。其中一名身穿白衣的男子要了一個蛋糕，另一名身穿藍衣的人則買了一些糕點。

「聽說這鋪子是新科狀元家開的，味道不錯。」藍衣男子說道。

「是嗎？我還真不知道，只是女兒快過生辰了，非得讓我來這邊買，說是這裡的蛋糕好吃。」白衣男子說起這番話時，臉上帶著笑，一看便知道很疼愛自己的女兒。

「鄭兄，那新科狀元郎來自江東府，你之前不是去過那裡嗎？景色是不是很美？能孕育出一個年輕狀元，應是是個地靈人傑的地方吧？」藍衣男子好奇地問道。

「確實不錯，有山有水。」白衣男子笑道。

他們聊著天時，紀婉兒裝飾好了蛋糕，一旁的廚娘也做好了糕點。

紀婉兒將兩樣東西各自包好，放在桌上說道：「蛋糕一百文錢，糕點二十文錢。」

這道清脆悅耳的聲音一響起，兩名男子就停下了討論，看了她一眼。雖然戴著口罩，他們卻能從她那一雙靈動的眼眸中瞧出是個絕色佳人，白衣男子甚至看得有些出神了。

面對他的目光，紀婉兒秀眉微蹙道：「是分開付，還是一起付？」

白衣男子察覺自己失態，回過神來說：「一起付就行。」

藍衣男子趕緊說道：「不用了，鄭兄，我自己來。」

白衣男子堅持要付帳，藍衣男子沒能搶贏，只得讓他付了。「鄭兄如此慷慨大方，怪不得綢緞生意愈做愈好。」

付完錢兩人便走了，走到門口時，藍衣男子叫起了白衣男子的小字，聽到那個小字，紀婉兒瞬間怔住了。

姓鄭，又是那個名字，家中還有個女兒……做的是綢緞生意，住家，似乎也在這附近。

封存已久的記憶忽然浮現在眼前，書中的情節一點一點出現在腦海中。

這名男子，就是書中那個帶走原主的人吧。為了原主，他跟妻子與孩子鬧僵了，綢緞生意也是一落千丈，最終關門大吉。

如今，他們兩人沒有交集。他的綢緞生意成功，甚是疼愛自己的女兒；她當著她的老闆娘跟狀元娘子，和丈夫之間幸福美滿，事業也愈做愈大。

所有人的結局都改變了，真好。

紀婉兒長長吐出了一口氣，離開糕點鋪子去了酒樓。

後半晌，天色變得灰濛濛的，風像是夾著刀子，刮得人臉上跟身上生疼，看這樣子，是要下雪了。

果然，晚上下起了雪。之後天氣愈來愈冷，距離過年也愈來愈近了。

等到臘月二十六那天，蕭清明終於得以從繁忙的公務中脫身，回家放起年假。

這個年，家中的吃食都是紀婉兒親手準備的。其實她大可以不用這麼忙，直接去酒樓廚房拿現成的食材就好，可不知為何，她覺得自己做的比較有意思。紀婉兒炸了丸子、藕合、酥雞、魚，蒸了饅頭，又做了不少甜點。

三十這一日，天冷得人渾身顫抖，這種時候自然適合吃火鍋。從下午起，紀婉兒就開始準備材料了，肉、蔬菜、丸子、手打麵等等，應有盡有。

紀家人過來了，這是他們在一起過的第三個年，這一年，他們長久以來的努力換得了寶貴的果實。

蕭清明中了狀元，在翰林院任職，深受皇上信任，是朝堂中炙手可熱的新貴，過年這一日，皇上還賞了他一道菜。

紀婉兒開的酒樓跟糕點鋪子大受歡迎；紀懷京中了秀才，正在為往後的考試認真學習；子安去了新的學堂，以自家兄長為榜樣好好用功；雲霜也去了侯府的女學讀書，長了不少見識。

董嬤嬤的雜貨鋪有紀大忠一起打點，夫妻健健康康、同心協力，在京城過起全新的生活。

吃過飯，紀家三口人就離開了。

過去兩家人在一處吃年夜飯守歲，是因為身處異鄉，難免需要互相慰藉，如今大家都在京城扎了根，情況就不同了。況且蕭清明是新科狀元，他們若不知進退，難免讓人背後說閒話，說女兒帶著娘家過來蹭吃蹭喝。

紀婉兒今日異常開心，她從櫃子裡拿出了一些酒，跟蕭清明小酌了幾口。紀婉兒喝得臉紅通通的，蕭清明卻跟從前不一樣了，這半年的官場生活，讓他的酒量增加了不少。

爆竹聲響起時，新的一年來了。

雲霜和子安很興奮地在院子裡玩，過了一會兒，外頭漸漸沒了吵雜聲，兩個孩子也睏了，守完歲就回房歇息。

紀婉兒已經醉到意識不清了，但還是強撐著守完了歲。

蕭清明抱起紀婉兒朝正房走去，他輕輕地將她放在床上，又為她擦了一把臉。

紀婉兒一直在發酒瘋，鬧到後來，她抓著蕭清明的胳膊，摸著他的臉傻笑。

「這是誰家公子啊，長得可真好看……」說著，她用手指描了蕭清明的眉毛、眼睛、鼻子，最後停留在嘴唇上。

紀婉兒玩起了蕭清明的嘴唇，一下按一下放，一下放又一下按，她覺得有趣，頓時笑了起來。「真好玩……」

說這話時，她只盯著蕭清明的嘴看，並未留意到他的眼神，絲毫沒察覺危險接近。

又鬧騰了一會兒，紀婉兒嚷嚷道：「好熱啊！」說著開始扯自己的領子。

蕭清明早已忍了許久，此刻他喉結微微滾動，低頭吻上那一張說著胡話的唇。親著親著，彼此身上的衣裳都被扯亂了。

情到濃時，蕭清明趴在紀婉兒耳邊沈聲道：「娘子，咱們要個孩子吧。」

「好。」

窗外飄起了雪花，漸漸的，雪愈下愈大，路上、屋頂上、樹上，都白了。

大地變成白茫茫的一片，上千年的古城被白雪覆蓋，增添了幾分魅力，也象徵著他們兩人會白頭到老。

新的一年，紀婉兒的鋪子名聲愈來愈響，雖然酒樓不算太大，但收入跟大酒樓相比毫不遜色。幾個月之後，外賣生意也做得風生水起，兩間鋪子的月盈利相加後突破了兩千兩。

慢慢的，京城周邊的縣城也多了不少美味居，這些全都是加盟店。酒樓從一家到五家，再到幾十家……紀婉兒的生意版圖漸漸拓展到全國各地。

至於蕭清明，他在朝堂上愈來愈受到皇上信任，很多事情都交給他去做，他逐漸掌握了更多權力。書中的蕭清明是靠著不太光彩的手段才能平步青雲，可如今他光明正大，憑著才幹讓人不敢小覷。

在幾位皇子鬥得最厲害的時候，蕭清明依舊沒有倒向任何人。百年之後，大家回顧這段歷史，不禁對蕭清明深感佩服。

朝堂中，本來不站隊的人，也被逼得不得不做出選擇，最後七成左右的官員都選邊站了，而剩下的那三成，是位置不重要的人。

可蕭清明是個例外，他雖然身居高位且沒站隊，卻沒人敢逼迫他，等到新皇登基，他依然受到重用。他是大歷朝史上最年少的大三元得主跟狀元，沒人小瞧他，也沒人懷疑他為何年紀輕輕就手握大權。

在他們來京城的第二年，蕭清明和紀婉兒的第一個孩子出生了，是個長得很像蕭清明的兒子。

他跟他父親一樣不愛說話，比他父親的神情嚴肅，即便紀婉兒逗他，他也不怎麼笑。說起他最大的愛好，那就是看書。

抓週時就拿了一本書，明明什麼都看不懂，卻拿著書看了許久，後來也是日日抱著書不放。

見兒子如此，紀婉兒早早就為他請了先生，教他讀書識字。等兒子開始進學了，她就突然發現自己似乎生了個天才兒童。他有著過目不忘的本領，什麼東西都是一看就懂、一教就會。

紀婉兒本來覺得蕭清明已經是很厲害的人了，沒想到她還能見到更聰明的人。

為了發揮兒子的潛力，紀婉兒不僅請來先生教他科舉知識，還聘了不少其他領域的先生，像是農學、天文學、工學、軍事等等。此外，她也適時將自己所學的現代知識講給兒子聽。

天才的腦子跟普通人果然不一樣，紀婉兒不過是粗略地講解了一下，她兒子就全都懂了。隨後，家裡就多了一輛用木頭做的自行車，又多了一個攪拌機。

他的成就比蕭清明更驚人，不到二十歲就中了狀元。不過他沒有去翰林院，而是去工部領了個職位，日日鑽研並製造各種器具，像是農具、織布機等，為農業與製造業的發展做出了極大的貢獻。

蕭清明和紀婉兒的二兒子和女兒，就顯得「正常」多了。二兒子雖然也考中了進士，但排名並不靠前，爹和兄長都在京城任職，他卻外放了；女兒個性溫柔，她既不像家中的男子那樣愛讀書，也不像母親那般愛賺錢，而是像她的姑姑一樣愛繡花。

紀婉兒六十壽辰那一日，全京城三品以上的官宦人家都來為她賀壽。看著底下的兒孫，再看那已經成為宰相的夫君，她一臉滿足。

這輩子，足矣。

——全書完

重生學得趨吉避凶，意外撿到優質相公／淺語

2022年2月出版

娘子馴夫放大絕

前生瞎了眼睛，選了個負心郎，落得與女兒含怨身死，
這一世她重活了，必得好好為自己打算，先穩了家再談其他；
但待她到了京城以後卻驚覺，怎麼重生回來的似乎不只是自己一人？

文創風 1035 1

楊妡悔了，當初怎就瞎了眼，看上那翻臉無情的前夫，落得與女兒身死的下場，
如今重生回到未嫁的少女時代，許多從前沒看清、不明白的事都瞭然於心；
只是這世卻多了個小妹妹，母親與自己關係也多有不同，
更奇異的是，京城的姨祖母——鎮國公府的秦老夫人來信邀她們幾個晚輩進京，
可怎麼前世待自己客氣有禮的老夫人，現在卻是處處維護、真心疼愛？
為了在國公府安穩度日，她處處小心謹慎，卻依然惹來一堆後宅糟心事，
躲了那些明槍暗箭，她險些忘了自己最該避開的是那個前夫啊！

文創風 1036 2

在鎮國公府的日子過得越來越舒心，雖然多少有些寄人籬下之情，
但秦老夫人待她更似親孫女，時而默默觀察，時而徵求意見，提點一番，
甚至出門作客也帶著她，讓她越來越熟悉京城的人事，不但遇上前生好友，
也學了更多人情世故，更明白前世的自己究竟犯了多少錯，又錯過了什麼……
怪的是，國公府的世子爺、名義上的表哥楚昕這一世卻「熱絡」得很，
要麼是心氣不順就與她作對，要麼是拐彎抹角地為她出頭？

文創風 1037 3

他都把話挑明了，楊妡哪能聽不懂？
可她與楚昕說穿了只是遠房親戚，門戶差得太多，她如何在國公府站穩？
只是老夫人認準了她，楚昕更是硬起了脾氣，磨得她心都軟了；
哪裡想得到曾經愛鬥嘴、鬧事的少年，如今卻能為她如此柔軟？她也不捨啊……
最後宮裡一道聖旨下來，他們便是板上釘釘的皇帝賜婚，誰也阻止不了！
沒想到她處心積慮避開了前世的孽緣，卻逃不過這世的冤家……

文創風 1038 4 完

前世的恩恩怨怨，在這一世似乎既是重演，卻又有著意外的發展……
但她已非長興侯夫人，而是鎮國公府世子夫人，一生所求不過是值得二字，
楚昕愛她、寵她，她自然願意做他堅實後盾，為他打理好國公府；
不過她這廂把家宅治理得穩妥，遠在邊關的楚昕卻不知過得如何，
與其在京城擔心，小娘子乾脆動身尋夫！待她到了邊關總兵府，卻發現——
別人早已瞧上她夫君了，連身邊侍女也動了心眼，只有傻夫君什麼都不知情！

文創風 1040

大器婉成 下

國家圖書館出版品預行編目資料

大器婉成 / 夏言著. --
初版. -- 臺北市 : 狗屋出版社有限公司, 2022.02
冊 ; 公分. --（文創風 ; 1039-1040）
ISBN 978-986-509-298-6（下冊 : 平裝）. --

857.7　　110022674

著作者　夏言
編輯　連宓均
校對　黃薇霓
發行所　狗屋出版社有限公司
地址　台北市104中山區龍江路71巷15號1樓
電話　02-2776-5889～0
發行字號　局版台業字845號
法律顧問　蕭雄淋律師
總經銷　知遠文化事業有限公司
電話　02-2664-8800
初版　2022年2月
國際書碼　ISBN-13　978-986-509-298-6

本著作物由北京晉江原創網絡科技有限公司授權出版

定價260元
狗屋劃撥帳號：19001626
網址：love.doghouse.com.tw　E-mail：love@doghouse.com.tw